奇蹟寄物商

大山淳子 許展寧 譯

あずかりやさん

【推薦文】

一位盲眼的少年與一家專門寄物的商店

動畫導演 紀柏舟

從看到故事的簡介開始，我就一直隱約有某種期待。或許是超現實色彩與隱喻兼顧的設定，和我本身創作的調性相當接近；也有可能是早已脫離年少輕狂，對於書中即將上演的人生縮影頗有共鳴。

人為何要「寄物」？是一種逃避，一種承諾，還是一種解脫？身為寄物商的老闆，是傾聽，還是在找尋？

寄物商店的老闆桐島，由於眼盲心靜，儼然像是超然不問世俗的傾聽者，任憑訪客流連造訪，只留下寄物的痕跡與一串串故事。似乎在不斷快速變動的世界中，只有寄物商的時間是緩慢流逝的。我們隨著作者的筆調，有時幻化為愛慕的門簾，有時變成了古老的玻璃櫃，有時又變成了新加入的自行車，用各自的角度旁觀著店裡一幕幕上演的人生故事。

作者用平易近人的文字，配合這種令人激賞的擬物觀點，不僅將每篇故事注入了魔幻色彩，更隱約產生一種推理般的神秘感，處處產生驚喜。讀者彷彿代替桐島成為他的眼睛，靜靜地守護著這位清澈的主人，從年輕到蒼老，一起經歷許多相遇與分離。每一篇短篇看似互不相聯，但人物環環相扣，許多的因緣際會都因為「寄物」而巧妙的連接在一起。故事尾聲，看似靜止在桐島身上的時間和感情，某天終究還是激起了一陣漣漪。此時以往靜靜聆聽的觸感真切地發生在自己身上；以往身為旁觀與守護者的讀者們，也隨著孩子般的桐島，共同經歷了一場憂喜的成長之旅。

於是靜靜地讀完了《奇蹟寄物商》，已經是午夜時分。窗外是台灣近日陣歇的大雨，心中浮起一種難以言喻的，如流水般冰涼的沉靜感。近年來多旅居國外，忙碌於動畫與藝術的創作，已有一段時間未與文字結緣，然而這篇日本作家的清新小品，竟如此流暢親切地把故事傳遞到了我的心裡。雖然沒有華麗的詞藻，但豐富的視覺敘事與開創性的視角，反而讓故事更加趣味橫生。有趣的是，讀者幻化成不同的擬人物品，卻也只是配角，而非「全知」的第三者，因此在推展之間產生的未知想像與留白空間，格外精彩。

〈克莉絲蒂先生〉是我尤其喜愛的一篇故事，作者不僅將無生命的物件們擬人化，以隱喻所有角色的情感與抉擇，其中一股清淡的憂傷與孤單更是就此貫穿了整本作品。原以為我們是在不同篇章的過客裡，試圖尋找與自己相似的生命經驗；但最後才猛然發覺，其實主角桐島才是自己心底的倒影。那是一種超然或是孤寂？界線已不再清楚。我只知道，當最後世俗的情感也終於降臨在主角身上時，我的眼眶也不禁微微的酸楚了起來。不論外貌歲月如何更迭，原來我們依然都只是個孩子；生命的苦澀與美好，才正要開始。

《奇蹟寄物商》，一本滿富人生寓意又親切動人的作品，推薦給曾經迷失或尋找寄託的每一個你。

目次

寄物商

這裡位於明日町金平糖商店街西側的一端。

人潮雖然不少，但是卻沒什麼人會留意到這家店。

這是因為店外沒有招牌。門口只掛著簡單大方的藍染布簾，上面清楚地寫著反白的片假名文字「ＳＡＴＯＵ」，很難從外觀分辨出這裡究竟是商家還是民宅。

入內一探，這裡的確是一家店。因為老闆就待在裡面。就算沒有任何像是商品的東西，只要有老闆在，這裡就是一家店。

在空蕩蕩的玻璃櫃那邊有間比地板高一點的和室房。在這約三坪大的昏暗空間裡，老闆就坐在一角讀著書。小巧的書桌上放著一本較為大開的書冊，儘管光線陰暗，卻沒有另外開燈。老闆就像在細心呵護書頁似地，掌心從左至右，溫柔地在書上移動了好幾遍。

房間中央擺著一張飽滿厚實的坐墊。那是客人專用的墊子。老闆的坐墊因為久坐，臀部的位置早已變得扁平輕薄。

有時候可能一整天連一個客人也沒有。所以老闆便視等待為工作，從早上七點開到十一點，中午暫時關門休息一陣子，再從下午三點營業到晚上七點，在這裡一邊讀書一邊顧店。

擺鐘發出了八下聲響。

「早安。」

早上第一位客人上門了。是一位背著紅色書包的小女孩，掛在書包上的護身鈴鐺正叮鈴鈴地響著。

「早安。」

老闆笑臉盈盈地迎接客人，請她坐上坐墊。

女孩站著卸下書包，從裡面抽出了一張紙。

「我要寄放這個。」

老闆收下紙，用手掌撫摸了兩遍說：「我知道了。」接著又開口詢問：

「請問貴姓大名呢？」

「柿沼奈美。」

「柿沼奈美小姐，請問妳要寄放幾天呢？」

「一個禮拜。」

「我明白了。寄物費一天一百圓，這樣總共是七百圓。」

女孩從書包裡拿出有兔耳朵造型的粉紅色錢包，掏出一枚五百圓還有兩枚一百圓硬幣，放在老闆的掌心裡。

老闆靠著指尖確認好硬幣後，開口說道：

「即使提前來領取，本店也不會退還剩餘的費用；要是一個禮拜後沒有來領回，寄放的物品就會歸我所有。這樣可以嗎？」

女孩應了一聲「可以」，背起書包。

「小心慢走。」老闆說。

女孩立刻驚訝地回過頭，躊躇了一陣子後，才小聲地說一句「我走了」，離開店裡。叮鈴的鈴聲越來越微弱，最後逐漸消失。

老闆拿著那張紙，走進屋內的房間。

他要去把寄放的物品收起來。老闆從不記帳，因為他根本沒辦法閱讀。

取而代之地，老闆運用了他優秀的記憶力，把客人的名字、寄放的物品，還有寄物期限都記得一清二楚。

「你好。」一位來領物的客人走進店裡，名字都還沒報上，老闆彷彿聽聲就能辨人似地率先開口，「是山田太郎先生吧？」通常客人這時候都會被嚇一跳。因為老闆簡直就像是看得見一樣。就在對方驚訝的時候，老闆從屋內房間拿出物品，交給客人。他從來沒拿錯過，就跟變魔術一樣精采。

我不清楚屋內房間的模樣，也完全不曉得寄放的物品是如何來收放。我自己是這麼想像。屋內房間的模樣全都在老闆腦中，裡面還有無數個抽屜，寄放的物品就收拾在其中。他會一面在嘴裡說著「柿沼奈美小姐」，然後一面關起抽屜。等到要拿出來的時候，只要說一聲「柿沼奈美小姐」，抽屜就會自動打開。我覺得在老闆的腦中，就存在著這麼一座抽屜。

老闆為人和藹可親，擁有一股吸引人的自然魅力。任何人都會想要主動助他一臂之力，就連抽屜也不例外吧。

話雖如此，我也不過只是待在店門口，悠哉地隨風擺盪。別看我這樣，我可是身負重任，能讓客人清楚知道現在是否有在營業。沒錯，我就是門簾。以身為老闆的好夥伴為榮。

老闆從屋內走出來坐回原位，再度開始讀起書。

我很喜歡老闆獨自顧店的這段寧靜時光。

老闆讀書的模樣，就算欣賞好幾個小時也不嫌膩。他的姿勢優雅漂亮。因為不需要用眼睛追逐文字，坐姿總是抬頭挺胸。他的臉龐瘦長，肌膚白皙，頂著一頭短髮；有稜有角、線條俐落的下巴上，留有刮完鬍子的青色痕跡；手腕纖細，手背上還浮現著美麗的骨頭外形。他總是身穿整潔的T恤與麻質長褲，光著雙腳，腳板寬大。到了冬天會再披一件長版棉袍，穿上毛料的襪子。

店裡的擺鐘發出十二下聲響，到午休時間了。

老闆站起身，走到石板地穿上雪駄[1]後，將美麗的手伸向了我。說時遲那時快，彷彿像是要制止老闆的舉動一般，一位胖胖的女子走了進來，「午安。」

「相澤女士，每次都勞煩妳了。」老闆笑瞇瞇地彎腰鞠躬。他果然能夠聽音辨人。只不過相澤並不是客人就是了啦。

「讓你久等了。這次真是花了我不少時間啊。」

相澤這麼說著，把布巾包裹擱在和室裡。

老闆準備轉身走進屋內。此時相澤開口說：「別客氣了，今天不用準備茶水。」

「我待會兒還得趕去醫院一趟啦，沒辦法在這裡坐太久。」

「身體哪裡不舒服嗎？」

聽到老闆的問題，相澤頓時露出了猶豫的神情，不過馬上又呵呵笑地開口道：「是去看一下眼睛啦。因為上禮拜做了檢查，我今天是要去聽報告的。用不著擔心，不是什麼大毛病啦。」

老闆默默地解開包裹，拿起宛如電話簿一般沉重的點字書。

相澤語氣開朗地說道：「只要我的眼睛還看得見，我就不會停手。你可要好好繼續讀下去喔。」

老闆翻開封面，觸摸著書頁問道：「是愛情小說對吧？」

「是啊，因為是長篇小說，做得我都肩膀痠痛了。」

「是感人的作品嗎？」

「該怎麼說好呢？讀起來會有一種懷念的感覺，讓人想起以前談戀愛的心情。整體來說是個很浪漫的故事哦。雖然桐島你還年輕，讀起來可能不會那麼有感觸，不過反正機會難得，你就讀讀看吧。」

「我今天立刻就會看的。」

相澤笑了笑，流露出彷彿在遙望遠方的目光說：「我們兩個讀了好多一樣的書呢。」

「是啊。」

「我的夢想，就是把圖書館的書一本不漏地做成點字書，只是我的眼睛可能沒辦法撐到那時候了啊。」

相澤的表情突然就像關上燈似地黯淡下來。雖然老闆看不到，但他似乎什麼都明白一樣，開口替相澤打氣。

「要是真有那麼一天，我可以把之前妳送來的書慢慢借給妳喔。」

相澤的神情又頓時亮了起來。

「哎呀呀，你不打算還給我嗎？而且還只能慢慢借？」

「是啊，因為那些都是我的寶貝。」

聽到這句話，相澤眼裡泛起淚光。不過為了不讓淚水滴下來，她又高竿地把眼淚收了回去。

「既然還有書可讀的話我就放心多了。我已經沒什麼好怕的了。」

相澤離開了店裡。雖然老闆看不到，但相澤露出了滿面的笑容。

老闆伸出手，這次總算是把我拆了下來，捲起來靠在牆邊，關上玻璃門，然後轉身往屋裡走去。

從中午十一點到下午三點為止，我完全不知道老闆跑到哪裡、做了什麼事。不曉得是不是在屋內的房間整理抽屜？又或者是從後門離開店裡，跑去理髮了也說不定。

屋裡和屋外的事情我一概不清楚。不過，關於這個家的故事，我倒是知道的比老闆還要詳細。因為我從上上一代開始，就已經待在這裡隨風搖曳了。

這裡在上上一代是家和菓子店。店名叫做「桐島菓子鋪」，招牌上也是這麼寫著。不過在戰後的那段期間，砂糖相當貴重，當時擁有商業頭腦的老闆，就做了一張用反白文字直接寫著「ＳＡＴＯＵ」（砂糖）的門簾。因為沒錢請專家製作，他就自己親手染布。是用蠟染製作的門簾。可是當時親朋好友都相當反對，畢竟這樣也太「大剌剌」了一點嘛。

不過門簾確實大顯神威，反白的「ＳＡＴＯＵ」文字吸引客人蜂擁而至。在當時那個肅殺的年代裡，甜食是希望之光。甚至還有人為了追求這道光，不惜賣掉自己的衣物。

第二代老闆討厭做點心，所以大學畢業後就成為了上班族。雖然這個人的太太接手掌管了店務，但因為患有氣喘，身體十分虛弱，有一天就突然不再出現在店裡了。於是和菓子店就收起來不做了。

這位上班族與其妻，就是現任老闆的雙親。

母親離開以後沒多久，父親也不再回來這裡，無依無靠的兒子就在十七歲那年，開始寄物商的生意。

寄物商，雖然是個奇怪的行業，但是也因為這種小眾產業沒有競爭對手，就這樣勉勉強強地經營下去。這裡專門保管客人寄放的物品，不管是什麼樣的東西，寄放一天就是一百圓。寄物時先訂好期限並付清款項，要是過了期限卻沒有來領回，物品就歸店裡所有。能賣的就轉賣掉，還能用的話就繼續用，該回收的就拿去處理掉。

這裡與當鋪最截然不同的地方，應該就是「客人付錢寄物」這一點了吧。保管物品就是這家店的工作。

不健全的雙眼或許也算是種福氣吧。因為老闆不但讀不到、見不著寄放的物品，也看不到客人的長相。站在客人的立場，這樣正好能保護個人隱私，可以放心前來寄物。開店至今，這裡從來沒惹過任何麻煩。雖然多少有遇過驚險的情況，但倒是沒發生什麼大問題。

話說他到底為什麼會開始做寄物商的生意呢？在老闆十七歲的時候，呃，他當時還不算老闆就是了啦。那時候的他孤苦無依，和菓子店關門大吉，我也被捲了起來，擺放在冰冷的石板地一角。

這裡只是一個名叫桐島透的盲眼少年，獨自居住的普通房子。

某個深夜，玻璃門突然響起敲打聲，透打開門鎖後，一名男子便走了進來。是個沒看過的陌生人。對方發出低沉的聲音語帶威脅地說：「你一個人在家嗎？」

「這裡就我一個人。」

男子瞪著眼睛左顧右盼，穿著沾滿泥巴的鞋子來回繞了繞，忽然被我絆了一跤，一腳踩在我的身上。他不是故意的，只是不小心而已。畢竟這裡一片漆黑嘛。男子沒脫鞋就大搖大擺地闖進屋裡，用低沉的語氣說：「好暗。電燈在哪裡？」

平常透都是不開燈的。那時候的他憑著記憶摸索到電燈開關，總算讓屋子變得明亮。那燈泡應該很老舊了吧，直到現在也還是微弱得要亮不亮。

男子確定屋內沒有任何人後，又回到了店面。接著他發現到我，把我從地板上撿起來展開一看。

男子露出恍然大悟的表情。他應該是注意到自己留下的腳印了吧。男子拍掉我身上的泥巴後，沒有重新再捲回去，直接就把我靠在牆邊。

他看起來好像不是什麼大壞蛋的樣子。

或許是明亮的光線平靜了思緒，男子似乎發現到自己原來還穿著鞋。只見他粗魯地脫下鞋，盤腿坐下，然後開口要透也一起坐下來。

就在此時，男子這才終於驚覺透的眼睛看不到。他雖然什麼也沒說，但是現場氣氛彷彿放鬆了下來，該怎麼說好呢，就是感覺空氣中的殺氣頓時都融化了。

男子遞給透一個用報紙包裹的物品。透用手摸出形狀，露出詫異的表情，急急忙忙地拆開報紙。

一看到那樣東西，我的恐懼立刻膨脹了好幾倍。

透戰戰兢兢地摸了摸，慎重地確認了觸感和重量，臉上滿是好奇，完全沒有任何一絲害怕。他看起來一臉雀躍，興奮期待。果然男孩子不管到了幾歲，都還是喜歡這種東西啊。

「我想請你保管這樣東西。」男子說。

我在內心大聲吶喊，吶喊著「你快給我滾出去」。看到他帶來這種危險物品，怎麼可能冷靜得下來。

透一句話也沒說。

接著男子從懷中取出了一封信封，塞到透的胸前。「這是寄物費。你就隨便拿去花用吧。」

收下信封，透用手指檢查了內容物。裡面放著鈔票，大概有十張左右。

「看你是要放在抽屜、櫃子，還是閣樓都好。總之就藏在只有你才碰得到的地方吧。」

「……」

「拜託你。」

真是新鮮的光景。因為從以前到現在，從來沒有人拜託過透。透看起來十分不知所措。

男子繼續往下說道：「我兩個禮拜後就會過來拿。」

「兩個禮拜後？」

「對，我一定會來。要是兩個禮拜後我沒過來，那東西就送你。」

男子自顧自地說完，就像是做好一樁約定般，放鬆地吐了口氣。接著他穿上鞋，準備打開玻璃門。

「請問您叫什麼名字？」透問他，「要是到時候給錯人就不好了。為了預防萬一，請告訴我您的名字。」

「真田幸太郎。」男子說。

「ㄓㄣ ㄊㄧㄢˊ ㄒㄧㄥˋ ㄊㄞˋ ㄌㄤˊ。」

在透覆誦的時候，男子就消失了。

這是發生在僅僅十五分鐘內的事。

從這一天開始，透就改變了。

該怎麼形容好呢，就是有種脫胎換骨的感覺。原本總是窩在屋內房間一整天的他，現在開始會來到店面，用抹布擦擦榻榻米，或是待在和室房裡聽聽廣播。

那是發生在男子寄放物品後的第三天。廣播裡傳來這麼一則新聞訊息：

警方已在東京灣的阜頭公園，發現並逮捕了涉嫌傷害國會議員，目前遭到通緝的暴力組織成員，四十七歲的真田幸太郎。由於真田否認犯行，現場也沒有發現作案時的槍枝，現在已派出五十名警力於海底搜尋物證。

透就像是把耳朵緊貼在收音機旁似地聽著廣播，嘴裡喃喃自語：「ㄓㄣ ㄊㄧㄢˊ ㄒㄧㄥˋ ㄊㄞˋ ㄌㄤˊ。」

沒想到當時那個男人竟在這裡報上了本名！

只要透主動報警，把槍交給警方，那把槍就能成為判定犯人的最佳證據。不過既然如此，他又為什麼要報上本名呢？

大事不好了！透立刻撥了一通電話。

「麻煩您儘快過來一趟。」

我膽戰心驚地等待警察的到來。竟然會有警察光顧店裡，這可是我這輩子遇過最精彩的戲碼。

不過很可惜，最後現身的人是每次需要處理公家文件時，都會過來好幾趟的區公所福祉課職員。對方是個很會流汗的中年男子。他不是什麼壞蛋，反而是個心地善良的大好人。不過我還是忍不住心想「搞什麼啊」。畢竟這個人與戲劇化的劇情八竿子打不著。

透完全沒有提到任何關於真田幸太郎的事，只見他遞出一張紙，請對方在上面寫了幾個字，貼在玻璃門上——

一天一百圓，歡迎寄放任何物品。

接下來就是處理開店做生意的手續。那名職員詢問屋號[2]的名字後，透便回答：「桐島。」

透從這天開始就成了老闆，把我掛上店門口，寄物商正式開始營業。老闆似乎沒有發現到我的身上，其實寫著「SATOU」幾個字。畢竟他從手還搆不到門簾的時候開始，就已經失去視力了嘛。

看到「歡迎寄放物品」這行字，還有門簾上的「SATOU」，路過的人都以為這家店就叫做「寄物商・SATOU」。三年前印製的『明日町金平糖商店街地圖』中，上面也是標示著「寄物商・SATOU」這個名字。

就算老闆與客人認定的店名不相同，也不會產生什麼大問題。

店裡的生意十分興隆。

雖然不是每個人都有這種需求，不過大家多少都會有一些想要寄放在他處的物品吧。像是不想被家人看到啦，或是想暫時遠離身邊的東西。

也有人會寄放無法下定決心丟掉的物品，給自己一段猶豫的時間。如果最後決定要丟掉，只要不拿回去就好。這樣自己就不會留下親手丟棄的罪惡感。

店裡寄放過女兒節娃娃、訂婚戒指、假髮、枕頭、日本酒、遺書、將棋棋盤、小提琴，其中甚至連骨灰罈跟牌位都有。

老闆完全不會過問為什麼客人會有這樣的物品，或是寄物的來龍去脈。他彷彿捨棄了所有情感，只是一味地在收取物品，簡直就像間倉庫或櫃子一樣。

會來光顧寄物商的人，都是為了把手邊大大小小的問題，暫時先擱置在這裡一陣子。老闆封印住好奇心的作法不但正確，也是生意人該提供的真誠服務。

不過在客人當中，有人會老老實實地說明寄物緣由，也有人是為了傾訴而來。遇到這種狀況時，老闆都會耐心聆聽客人的故事。

其中也有人會在聊天的過程中改變心意，結果又把東西給帶了回去呢。

2 商家名稱，大多以店主的姓氏來命名。

這種時候就不需要收取費用，感覺有點像是在浪費時間，不過老闆總會一如往常地道聲「路上小心」，用和藹的表情送對方離開。

如果寄放的是烏龜或貓咪這種生物，老闆會主動請教照顧的方法；摸起來冰涼的東西，會向客人確定是否需要冷藏。

令人困擾的是，有人會專程寄放原本就打算要丟掉的物品。這種人只會要求「寄放一天就好」，擱下一百圓後，就再也沒有現身過了。簡直就像是把這裡當成便宜划算的大型垃圾處理場。就算把電視或單車丟在這裡不管，老闆根本也用不到。如果是無法轉賣的物品，就會向當地公所提出回收申請。店裡還曾經因為這些回收費用搞得赤字連連。

另外以前還有客人寄放過生病的貓咪。雖然老闆當時有緊急請了獸醫來，但還是晚了一步。最後那隻貓就窩在老闆的膝上，重重嘆了一大口氣。我想那隻貓的靈魂，大概就在那口氣當中吧。老闆就這樣靜靜地，感受著那逐漸冰冷的身軀。

不管客人寄放什麼，老闆一律來者不拒。因為這就是他的工作。

某天，老闆發現貼在門外的紙不知道什麼時候不見了。看來應該是因為只有用膠帶固定，黏著力不夠的關係，結果就被風給吹跑了吧。老闆並沒有重新再貼一張新的。雖然客人因此減少了許多，但同時也能藉此迎接真正需要「寄物」的客人。

老闆似乎相當滿意這份工作。因為我不曉得屋內的情況，所以不清楚他至今是過著什麼樣的生活，不過開店做生意的舉動的確讓他與外界有了連結。

你問那位真田幸太郎？

他到最後還是沒有現身。到現在都已經十年過去了。不曉得他是不是已經服完刑期，回歸正道上了？那個弄清來歷的危險物品早已歸老闆所有，只是我也無法知道那東西是被轉賣掉了，還是繼續放在老闆的身邊。

中午來拜訪的相澤，從來沒有委託老闆保管過東西。

她是在兩年前突然來到店裡，「我最近開始在做點字的義工，你可以讀讀看嗎？」她說，然後放下一本書就離開了。這就是他們兩人出現交集的開端。

老闆自從七歲失明之後，已經過了二十年視障者的生活，是面對黑暗的老手。老闆當然懂得點字，但是他平常主要都是利用電子圖書館，透過語音讀書機來閱讀書籍。老闆是生活在現代的年輕人，頭腦也很聰明，很清楚可以運用什麼管道來獲得資訊，讓自己的生活變得更愉快。

不過難得讀點字書後，發現書中有不少輸入錯誤的地方，反而增添了不少樂趣，讓老闆出乎意料地喜歡相澤帶來的書。

「我可以請妳幫忙點譯非兒童文學，內容比較成熟一點的書嗎？」老闆甚至還主動對相澤提出要求。相澤帶來的第一本書是《紅髮安妮》，再來還有《苦兒流浪記》跟《騎鵝歷險記》，全都是老闆小時候就讀過的故事書啊。

不曉得是不是因為相澤小時候沒怎麼在看書的關係，她似乎完全沒發覺這些全都是兒童讀物。相澤很不好意思地說：「如果你有特別想看的書，我可以幫忙點譯。」

然而老闆卻提出為難的要求，「不是的，我是想看相澤女士挑選的書。」於是相澤的義工工作便從挑選書籍展開。相澤還曾經抱怨這是其中最累人的步驟。

依照我的判斷，相澤的年紀大概落在五十幾歲中段。可是在她的身上，卻看不出與年齡相符的威嚴感。我想她應該是已經不需為孩子操心的主婦吧。平時過慣了以丈夫與孩子為中心的生活，讓她無法盡情地把時間花在自己身上，所以才會透過義工活動來消磨閒暇吧。她的言行舉止謙虛有禮。明明年紀就跟老闆的母親差不多，但是他們兩人之間的對話，卻像是父親與女兒一樣，令人莞爾。

擺鐘發出了三下聲響，到下午開店的時間了。老闆走到店門前，打開玻璃門，再度把我掛起來，擺回平常的固定位置。

老闆開始讀起相澤剛剛帶來的戀愛小說。大約每讀五頁，他的臉上就會露出微笑。看來那應該是本令人會心一笑的故事，不然就是相澤又打錯什麼字了吧。

我迎著風，想像老闆閱讀的故事內容。故事舞臺是在海的另一邊，背景是久遠以前的時代。我想像著老闆是一名王子，而我則是敵國的女王。兩人一起攜手度過重重患難，最後終成眷屬的劇情雖然不錯，用悲劇收場也挺羅曼蒂克的。在我的想像故事裡，老闆的雙眼一樣也是看不到。因為失明是他人格的一部分，這個設定刪不得。

小時候的透，有一雙像洋娃娃般的玲瓏大眼，皮膚又白皙，平常總會一股腦地從店裡跑出來，鑽過我的底下。因為性格粗魯莽撞，他還曾經被路上的單車給撞個正著。他蹲在地上啜泣的臉龐，至今都還記憶猶新。記得那時候的他真是個愛哭鬼呢。

從他七歲的時候失明開始，我就再也沒看過他哭泣的模樣了。說不定他的眼淚也跟光明一起消逝了吧。

透會失明的原因，我一無所知。

當時，透的父親是一名上班族，而他的妻子，也就是透的母親則是負責經營和菓子店。因為店裡也有其他員工，我都聽得到他們聊天的對話，只是我從來沒聽誰談論過透的眼睛。

商店街雖然禁止車輛進入，但是允許商家的車子進出。

某天，母親準備開著小貨車出門外送時，透便在店門口鬧彆扭哭哭啼啼起來，逼得母親只好讓透坐上副駕駛座。記得就在小貨車發動的時候，透還稍微瞄了一眼店門口，表情看起來得意洋洋。看來他是靠著假哭，才能成功上車的吧。我用力搖擺著身軀，在心裡祝福他「一路小心」。

那就是透最後一次用眼睛看我的時候。

幾天後，我突然看見透倚著牆壁一步一步地在走路。剛開始我還以為他只是在玩某種「遊戲」，後來我才漸漸發現事實並非如此。

以前跟透玩在一起的鄰居小孩，都會背著書包出門上學，可是透卻一直待在家裡面。過了一陣子，家裡突然不見透的身影，之後我才知道他進入了住宿制的啟明學校就讀。

每次當透回到這個家，他都會長得比之前還要高壯，嚇得我都以為自己認錯人了。他變成一位面容和藹，不會露出生氣或是哭泣的一面，待人客氣的青年。

透進入啟明學校後沒多久，母親就再也沒出現在店裡；他從啟明學校畢業時，父親也離開了家，留下透一個人孤苦伶仃。接著過了不到一年，那個男人就出現在我們眼前，透也正式開店做生意。

那個男人雖然是個危險人物，但要是沒有他的出現，透也不會開始從事寄物商的工作吧。

今天一大早就有客人來訪，所以我猜接下來應該只需要靜靜凝望著老闆讀書的身影就好吧。

時鐘發出了七下的聲響。天色逐漸昏暗。正當老闆將手伸向我的時候，有一位客人走了進來，是一個小男孩。看起來應該是國中生吧？他身穿深藍色的制服，手提深褐色的旅行包。

「我想要來寄放東西。」

是沒有聽過的聲音。

老闆說：「這邊請坐。」請他坐上坐墊。少年聽話地脫下運動鞋，登上和室房。

少年把深褐色的包包擱在榻榻米上。那是一只不符合他的年紀，像是中年大叔會提的包包。

老闆用手摸摸包包，稍微提一提確認重量，但是他並沒有拉開拉鍊。這也是他一貫的服務態度。

「請問要寄放幾天呢？」

「一天。」少年說完，把握在手中的百圓硬幣放在榻榻米上。

只寄放一天，就等於是來「丟垃圾」的吧。雖然他看起來不像不良少年，不過他或許是那種喜歡以捉弄大人為樂的小孩；不然就是正處於叛逆期，想把父母的寶貝故意藏起來，讓大人傷透腦筋也說不定。以前店裡都曾碰過這種案例呢。

老闆照例地開口詢問：「請問貴姓大名呢？」

「我不知道。」

什麼不知道，這是在玩什麼把戲啊？

老闆稍微想了一想，對他這麼說：「是有人拜託你，把這個包包拿來寄放的吧？」

少年點點頭。雖然老闆看不見，但他似乎感受得到肯定的氛圍。

「明天會過來拿東西的人是你嗎？」

「我不知道。」

「看來那個人似乎沒有託你明天來拿回去啊。」

少年又再度點點頭。

「為了確實交還到那個人的手上，可以告訴我對方是個怎麼樣的人嗎？」

少年歪著頭想了想說：「那個人穿著紅色的衣服。」

他似乎不認識對方的樣子。難道是路人拜託他的嗎？

紅色的衣服。看來那個人應該不是男性，而是名女性吧。為什麼對方不自己過來呢？

「除了穿著之外，那個人還有什麼其他特徵嗎？例如像是聲音或說話方式。」

「我哪知道。」

少年低下頭，不曉得是不是因為覺得很不自在，他的身體不安分地扭來動去。大概是覺得自己的任務已了，心裡直想著要趕快回家吧。

老闆用沉穩的語氣說：「那麼本店就代為保管了。如果明天沒有人來領取，本店會妥善處理，請不用擔心。」

老闆說出了「處理」一詞。看來他也覺得包包裡面裝的是垃圾。

就在少年穿上運動鞋，準備走出店裡時，他忽然像是想到了什麼，回過頭來說：「那個人會咳嗽。」

老闆頓時嚇了一跳，正打算開口回問的時候，少年已經離開了。之後老闆便一臉失神地凝視著抱在膝上的包包。

聽到「咳嗽」，讓我想起了某位女性。想必老闆的腦中，也浮現出那位女性的身影吧。

老闆拉起拉鍊頭，拉開大約十公分左右的縫隙。這還是他第一次對寄放的物品這麼做。看來這讓他湧現了十足的好奇心吧。不過他似乎又打消了念頭。只見老闆再度拉上拉鍊，抱著包包走進屋內房間。

結果這一晚，老闆就沒有再從屋內走出來了。我就這樣被晾在門口，等待早晨來到。

隔天早上，老闆像往常一樣地來到店裡。

一切都是一如往常。無論是用抹布擦拭和室房，還是清潔玻璃櫃，全部都和平常沒有兩樣，只不過是省了一項「把我掛在門口」的動作而已（因為我一直被晾在外面嘛）。

接下來老闆便一邊讀著戀愛小說，一邊等待客人的光臨。他的表情僵硬，看不見每讀五頁就露出一次的微笑。或許也有可能是我想太多，但我總覺得老闆似乎是在認真地豎起耳朵。

他大概是在等待那位「會咳嗽的紅衣女子」吧。像他這樣專注地側耳傾聽，好像連一百公尺外的咳嗽聲也聽得見。

話雖如此，連我自己也在等著那個人。

現在回想起來，她真是個無趣的女人。平常負責經營原本該由丈夫繼承的店鋪，但因為患有氣喘，每到傍晚就會止不住咳嗽。但即便辛苦，她還是不吐任何怨言，就算懷有身孕，直到生產日當天她都還守在店裡，而且產後兩周後就立刻回到工作崗位。等寶寶的脖子硬了，她就把孩子背在身上，寸步不離地細心照顧。

她是一個面無表情的人。就算想用顏色來比喻她，腦中也浮現不出適合的顏色。我不曉得她是出於什麼因緣際會嫁來當媳婦，不過無論是為人妻子，抑或是為人母親，她都像是在出任務一般地完成工作。

店裡突然不見她的身影時，我的心頭浮現出某個想法。

透會失明的原因，是不是身為母親的她害的？雖然我還不確定，但一切卻很符合邏輯。他們坐上小貨車出門後，應該是發生了什麼事情吧？

就我所知，以前的她凡事都很小心謹慎，不曾犯過什麼錯。如果她真的曾犯下永難抹滅的過錯，那麼這就是她唯一鑄下的錯誤。

無論是周遭變化還是社會弊病，什麼都願意坦然接受的她，是不是無法容忍自己的錯誤呢？

她就是如此在愛著兒子吧。

我沒有打算要指責逃跑的她。她並不是個冷血無情的人，至少身穿紅衣的打扮就是令人感到欣慰之處。因為這代表她或許出現了一點改變。

這一天就算過了十一點，老闆依舊沒有把我卸下來，繼續守在店裡。他一面猛讀著戀愛小說，一面等待客人，直到時鐘發出了七下聲響。

老闆把我拆下來的時候，又恢復了往常和藹的表情。

紅衣女子沒有現身，那只褐色的旅行包已歸老闆所有。

接下來的三天，店裡一個客人都沒有。

老闆讀完了戀愛小說後，拿出以前讀過的書重新開始閱讀。不曉得老闆喜不喜歡戀愛小說？老闆的心是個謎團。如果這個家可以再多住一個人，就能從老闆與那個人之間的對話中，探索出老闆的心情了。

下一個鑽過我底下的人是相澤。

距離她上一次來只隔了四天，這次的速度未免也太快了些。以前從來沒碰過這種情況。相澤一如往常地帶了個布巾包裹。只是包裹的外型跟平常不太一樣。

「今天我是想要來寄物。」

相澤這麼說，坐上了客人專用的坐墊。

老闆端正地跪坐在相澤面前，謹慎地收下布巾包裹，用手摸了摸外形後，臉上的笑容便消失了。

「請讓我寄放在這邊一個月，這樣是三千一百圓對吧？」

相澤從錢包裡拿出三張千圓大鈔和一枚百圓硬幣，擱在榻榻米上。

「我把錢放在兩點鐘方向的位置了。包巾我等一下還要拿回去。」

為眼睛看不到的人說明物品位置時，經常會使用時鐘指針的方位。

老闆把手伸向兩點鐘方向，確認好鈔票的種類和張數後，他連伸手拿起百圓硬幣的意思也沒有，就急著解開包巾的結。看來老闆似乎更在意這一邊。

包巾裡出現了一個長得像螃蟹的機器。

相澤開口說：「要是一個月後沒有來領回，這就會變成你的東西吧？」

老闆沉默不語，相澤便自顧自地說著：「難不成，你是在擔心我的眼睛嗎？」

老闆點點頭。

「我還看得見啦。雖然未來的事情很難說，但是用不著擔心。」

「那為什麼要寄放這個？」

「因為我想從點字打字機畢業，好好來學習電腦。」

老闆的神情頓時亮了起來。

「現在好像已經有轉換點字的軟體了。我覺得利用電腦應該能打得更快速，對眼睛的負擔也比較少，還可以減少錯誤。可是到了這把年紀，要學習新東西可是需要不少勇氣啊，總不能一下子就半途而廢吧。所以為了不要讓自己又逃回打字機的懷抱，我才想把機器寄放在這裡，讓自己可以專心學習電腦一個月。」

「太偉大了！」

「像這樣對桐島發表宣言，也是我的計畫之一。這是為了督促自己不要輕言放棄。」

「我很樂意為妳保管。」

老闆一臉好奇地觸摸著打字機。我也是第一次見識到點字打字機。模樣看起來十分複雜，長得就像隻螃蟹一樣。

「今天你可以稍微聽聽我的故事嗎？」

相澤這麼說著，眼睛瞄了瞄外頭天色。已經是日暮低垂的時候了，離打烊還剩下三十分鐘的時間。

「我去把門簾拿下來吧。」老闆說，不過相澤卻答道：「保持原樣就好，這樣比較能夠平心靜氣。」我彷彿也被視為自己人一樣，讓我感到高興不已。

緊接著相澤便開始慢慢談起自己的事情。那是對我而言，對相澤的印象天差地遠、超乎意料之外的故事。

「我上面還有一個哥哥。其實我對自己的父母沒什麼印象。小時候，我就一直和哥哥在一起。雖然家裡偶爾會有大人出入，但我卻分不清楚誰是爸爸、媽媽。」

說到這裡，相澤不好意思地輕輕笑了笑。明明一點也不好笑，她卻莫名地笑了出來；反觀老闆，他的表情卻顯得有些僵硬。

「只要說自己肚子餓了，就會被罵得狗血淋頭，所以我總是躲在哥哥的身後。因為平常老是空著肚子，我的腦袋經常是一片空白，讓我記不太清楚那段日子的事情。只有哥哥會關心我，跑去其他地方拿吃的給我。」

相澤發出細小卻又清晰的聲音緩緩道來，老闆則是靜靜地側耳傾聽，就連點頭的動作也沒有。

「哥哥跟我都有去上小學。營養午餐簡直就像在做夢一樣呢。就算閉嘴不說話，也會有人給你吃的。餐盤上的東西全都是自己的，不用擔心被其他人偷走，慢慢吃就可以了。但是基本上，學校是一個很痛苦的地方。從同學間的對話中，我發現什麼叫做普通家庭，讓我感到很沮喪。」

老闆依舊是一語不發，面不改色。相澤也是一樣冷靜。不過老實說，我個人卻是十分驚訝。因為相澤看起來，就像是在平凡安穩的家庭裡長大，然後又擁有一個平凡安穩的家庭。

「上了國中之後，哥哥就開始不去上學，好像跑去什麼不良組織裡工作的樣子。他大概是想要賺錢吧。可是他明明自己都逃學了，卻不准我不去上學。所以我就努力地把國中念完了。雖然哥哥有叫我繼續讀高中，可是我實在很討厭待在同年齡的集團裡面。這就好像是去學習自己有多麼與眾不同一樣，讓人坐立難安。」

我已經很明白為什麼相澤會帶《紅髮安妮》跟《苦兒流浪記》來了。畢竟光是生活就忙不過來了，哪裡還有閒工夫去閱讀兒童文學嘛。

「國中畢業後，我就離開家裡，幸運地在附近的縫紉工廠找到工作。我在職場上就是個『普通人』。因為周遭有不少人都跟我一樣有差不多的境遇，讓我輕鬆許多。我跟三名同事一起租了間公寓，三餐也吃得正常。那段生活簡直就像夢一樣。」

我只是個門簾，不太清楚人間世事，但是從店裡客人的對話聽來，我以為所謂如夢似幻的生活，就是飛到另一個遙遠的國家，或者是在手指套上閃亮耀眼的鑽石。原來夢想還分這麼多種啊。想必相澤那時候一定過得很幸福吧。只見她露出安詳沉穩的神情說：「到了適婚年紀後，同事們一個接一個結婚，搬離了公寓，但我還是依舊住在那棟公寓裡。我從來沒思考過結婚的事。打拚賺錢，然後填飽肚子，有個正當的工作。光是這樣就已經夠幸福了。」

忽地，一陣舒服的陣風吹了進來。我隨風搖晃，相澤的頭髮也被吹得搖曳。剎那間，老闆彷彿像是要看看那陣風似地，把臉轉向了外頭。他當然看不到風。就算是相澤，她也看不到風。風還真是一視同仁呢。

「從那時候起，我開始很難跟哥哥取得聯絡。他說自己的工作會影響到妹妹未來，甚至連電話號碼也不告訴我。他老是喜歡突然冒出來，問我有沒有遇到好對象。哥哥一直希望我能有個好歸宿。他把自己無法懷抱的夢想，寄託在妹妹的人生裡了吧。『雖然我是個笨蛋，但是妳聰明多了。』哥哥他常常這麼對我說。」

老闆露出微笑。他說不定是在羨慕相澤。畢竟老闆他沒有兄弟姊妹嘛。

「那是十年前的往事了。有天哥哥突然出現在我面前，說最近有辦法給我一大筆錢。那時候我覺得很不高興。因為我已經隱約猜測到，這背後隱藏了什麼事情。八成是組織要他做什麼不良勾當，說好等他完成任務，就能拿到大把鈔票吧。天底下哪有這麼好的事！可是哥哥他不懂世事，似乎對這件事深信不疑的樣子。儘管說我不要錢，哥哥還是不打算收手，甚至露出像是在述說夢想的眼神，說這樣就能為我準備嫁妝了。很難以置信吧？我那時候早已是個四十幾歲的歐巴桑了。但是對哥哥來說，我依然是他可愛的妹妹，他還是願意為我付出。」

說到這裡，相澤一時之間閉上了眼，沉默片刻。她似乎有些喘不過氣來。

老闆露出和藹的表情，默默等待著下一句話。靜謐的時間流過。這是不需要勉強同聲附和、柔和舒服的氣氛。

大概是總算吸取到足夠的氧氣，相澤開始繼續說下去。

「那是發生在工廠午休時間的事。就在我吃著飯糰的時候，我突然在電視新聞上看到他的消息。螢幕上出現了哥哥的照片。上面還用白色字體寫著『嫌疑犯』幾個字。我嚇了一大跳。新聞說哥哥開槍攻擊國家的大人物，讓對方受了傷。雖然那位大人物最後幸運地沒有生命危險，哥哥還是因為傷害罪遭到了逮捕。」

老闆的眉毛微微顫動了一下。

沒想到會出現這樣的發展！我等不及想聽接下來的內容。

「我在那時候啊，生平第一次跑去旁聽了那個叫做判決的東西。我心想著既然現場所有人都是哥哥的敵人，自己至少也要坐在後面，幫他壯大聲勢一下。可是呢，不管我有沒有在現場其實都無所謂。明明找不到任何證據，整個流程卻像是搭上了輸送帶一樣不斷往下進行。哥哥只是服從組織的命令，結果卻變成是我哥哥一個人的錯。刑期一下子就決定好了，五年有期徒刑。哥哥他沒有提出任何控訴，乖乖入監服刑。我想哥哥他一定聽不懂法庭上的對話，因為就連國中畢業的我也聽不懂。」

老闆緊緊抿著嘴唇。如果我有嘴唇的話，我一定也會這麼做。相澤從手提袋中拿出了棉紗手帕，往頸部放上去。因為說了太多話的關係，似乎讓她開始冒汗了，只不過現在偏偏一點風也沒有。希望起風的時候，風的心情卻是反覆無常，完全不懂得抓時機。

「我每天都在祈禱著，希望那位被哥哥攻擊的人能早日康復。後來聽到對方恢復健康，重回工作崗位的消息後，我就像是獲得了些許寬恕一樣，跑去探望哥哥。我只有去看他那麼一次而已，因為哥哥他不喜歡我出入看守所。但是我去見他的時候，他看起來還是滿開心的樣子。組織恐怕是命令哥哥去殺人的吧。可是哥哥最後卻下不了手。畢竟他是這麼善良的人，這也勉強不來。我把被害人恢復健康的消息告訴哥哥。哥哥一聽，眼淚立刻就掉了下來，還對我說：『有我這種笨大哥在，真是對不起。』」

相澤說到這裡時，在停頓處眨了眨眼睛。她看起來是在強忍著淚水。

「最後哥哥抬起頭，露出滿是希望的眼神，說他進監獄之前，遇到了一個大好人，還說他出獄後就要去找那個人。我的心底冒出了不祥的預感，猜想他一定又是被什麼人給利用了。親切的人肯定都是不懷好意。我問他對方是誰，他就告訴我一家位在明日町金平糖商店街的西端，名字叫做『SATOU』的店。」

老闆一臉納悶地回問：「SATOU？」

「對，哥哥是這麼說的。他雖然不曉得那家店是在做什麼生意，但是門簾上就寫著『SATOU』幾個字。大概是因為平假名的關係，他還唸得出來。他指的就是掛在這裡的門簾。」

老闆把臉轉向了我。他用那雙看不見的眼睛，直直凝視著我。看來他總算是察覺到我身上的文字了。只不過現在可不是在意這個的時候。

「哥哥說他請店裡的男孩子，幫他保管了一樣很重要的東西。他看起來還一臉高興地，說對方似乎有好好遵守約定。」

不曉得相澤是不是回想起哥哥當時的表情，只見她不禁泛起淚水，拿出手帕擦了擦眼睛。

「沒有完成任務，又回不了組織，在警察追逐下躲進的店家，竟然會是這麼溫暖的地方，我想哥哥的心靈一定得到了慰藉吧。我還是第一次看到哥哥露出那麼放鬆的表情。畢竟他一直以來，都是生活在爾虞我詐的世界裡，看到有人願意遵守約定，想必是高興得不得了吧。只是還沒等到刑期結束，哥哥就在獄中去世了。」

咦？

「因為從小就沒有照顧好的關係，他的身體早就變得殘破不堪。」

這是怎麼回事？

那個拚命幫我拍掉身上泥巴的男人，竟然已經死掉了！

再也看不到他的身影也是理所當然。

飽受驚嚇的我，忍不住開始搖晃著身軀。相澤露出了不可思議的表情。

明明沒有風，門簾卻在搖曳飄盪，她大概是誤以為有人在外面偷看吧。

老闆露出若有所思的神情凝望著相澤。老闆當然不是用眼睛在看，而是用心在盯著她看。

相澤繼續往下說道：「因為沒有蓋墓地，所以我就先把哥哥的遺骨放在公寓裡。化作骨灰後，我們兄妹倆總算能夠團聚了，感覺還真是諷刺啊。我每天早上都會雙手合十，默默想著哥哥的事情。像是小時候一起手牽手走過的路，或者是會突然現身在我的公寓，一臉害羞地遞給我零用錢。另外還有明日町金平糖商店街的『SATOU』。哥哥在那裡寄放了重要的東西。那句話成了哥哥的遺言。我比哥哥還要更清楚人間冷暖，也明白一般正常人的冷酷。我不曉得那裡到底有沒有遺物，而且就算真的有，我也不知道對方究竟會不會交給我。」

我的心情緊張萬分。所謂的遺物就是那個東西。不過畢竟是相當危險的物品，一定老早就不在店裡了吧。

「我花了三年時間，總算是買下了靈骨塔，雖然只是一個小櫃子的塔位啦。安放好骨灰後，我才發現公寓的房間好寬敞，心裡突然覺得好寂寞。於是頓時之間，我突然好想看看哥哥的遺物，好想把遺物收藏在身邊。首先我找出了那條商店街，確定了那家店的存在。知道老闆是位視障人士後，我便想起了一件事，就是工廠裡有個同事，會替眼睛不方便的人代買東西，或是幫對方煮飯做菜。能夠像這樣融入別人的生活裡，我覺得真是一件不簡單的事情。

於是我便決定假借點字義工的名義，打算藉此潛入那個人的家裡。我先跑去參加免費的點字講習會，從學習點字的方法開始著手。外面還有所謂的點字社團，我就在那裡借了點字打字機來練習。而且又因為電腦的普及，剛好有人在拋售打字機，我就用便宜的價格買下了機器。接下來我就花了一年時間點譯好一本書。我只有國中畢業，根本沒讀過什麼書，所以對我來說，點字翻譯實在是個辛苦的大工程。但是這個工作卻讓我出現了改變。在點譯每一個字的過程中，我開始覺得遺物怎麼樣都無所謂了。我只是想要見見哥哥最後相信的那個人。就在想法變得如此單純之後，把一本書交給了你。」

老闆沉靜地問：「ㄓㄣㄊㄧㄢˊㄒㄧㄥˋㄊㄞˋㄌㄤˊ？」

相澤回答：「對。」

「對不起，我騙了你。我其實不叫相澤，我的本名應該是真田幸子。我雖然不清楚父母的個性還有長相，但是他們在我跟哥哥的名字裡，都放了幸福的幸在裡面。」

相澤……不對，幸子駝著背，低下了頭。我想起那隻死在老闆膝上的貓。

老闆笑容滿面地說：「我去拿遺物給妳吧。畢竟妳是他的家屬嘛。」

幸子驚訝地望著老闆，後背伸得挺直。

老闆消失在後面的房間裡。

原來他沒有處理掉那個危險物品啊……我的心情變得有些複雜。要是看到那樣東西，不曉得幸子會露出什麼樣的表情，真是令人擔心。

在等待的空檔裡，幸子不捨地摸了摸那臺長得像螃蟹的打字機。因為她看起來實在是太捨不得，讓我開始擔心起這個人的眼睛，該不會真的出了什麼問題吧？說不定眼睛的病情其實很不樂觀，可能需要接受困難的手術治療，但是她卻無法負擔高昂的醫藥費。或許她今天會來到店裡，是想把這一次當作親眼見到遺物的最後機會吧。

這也許是她最後一次來店裡了。

這麼一想，我的心裡就覺得好寂寞。幸子跟老闆之間的對話，還有老闆用指尖讀書的身影，這些對我來說，都是相當重要的日常風景。

好了，老闆又走回來了。哎呀？這是怎麼回事？老闆竟然抱著那只褐色的旅行包，就是紅衣女子委託少年帶來寄放的那個包包。

老闆小心翼翼地抱著包包，一語不發地坐了一會兒後，毅然決然地將包包擺到幸子面前，直截了當地說：「妳哥哥告訴我，說他以後有一天要把這個包包交給妹妹。」

我嚇了一大跳。那根本不是真田幸太郎的遺物。

那是客人花了一百圓寄放，現在已經歸老闆所有的包包。

而且話說回來，真田幸太郎壓根沒提到妹妹的事情。

幸子戰戰兢兢地拉開包包的拉鍊，輕輕地啊了一聲——包包裡塞著滿滿地鈔票。

啊啊，這是怎麼一回事！

老闆的腦子燒壞了。

要是我能夠發出聲音的話，我真想這麼說。

「那不是妳的東西嗎？」老闆問道。

那是母親在離家之後拚命攢下的錢。她究竟是抱著什麼樣的心情才存到這麼一大筆錢？她肯定吃了很多苦吧。結果老闆竟然要把這些錢送給別人。為什麼？

老闆的臉上沒有任何迷惘，看起來神清氣爽。

雖然老闆原本就很美麗了，但是現在的他，正閃耀著燦爛耀眼的光芒。

看著那張臉龐，我的心裡有一點，雖然真的只有一點，開始稍微明白老闆的心情了。收到母親的心意，他已經心滿意足了。那份滿足感，大概是龐大到可以分享給別人吧。

老闆藏著永無止盡的黑暗與孤獨。

我彷彿看得見，卻又好像看不見。

但我想那個包包一定幫他抹去了心中的那些部分。

所以對他來說，他已經不需要那個包包了吧。

幸子的雙頰微微變紅，凝視著鈔票好一陣子，剎那間露出懷疑的眼神投向老闆。老闆當然看不見這一幕，甚至還語氣開朗地繼續說道：「本店就代為保管這臺打字機。等妳學會電腦後，還麻煩妳再帶點字書來吧。」

幸子看向後面的房間。房間暗得讓她什麼都看不到。現在店裡必須靠著路燈的光芒，才能勉強看得見周遭的東西。

幸子拉上拉鍊，簡短地說了句「那麼下次見」，離開了店裡。

老闆站起身，把我從店門口拆下，捲好後立在一旁。接著他就抱起閃閃發亮的螃蟹走進了屋內。

隔天早上，伴隨著叮鈴鈴的聲響，背著書包的小女孩來到店裡。就跟上一次一樣，時間正好是早上八點。

「早安。」小女孩一打完招呼，老闆便笑臉盈盈地迎接她，「早安。是柿沼奈美小姐吧。」老闆請她稍等一下，隨後消失在屋內。

小女孩坐上高起的和室房邊緣，把書包抱在膝上。

老闆一走回來，便把小女孩寄放的「紙」交還她。小女孩接下那張紙，收進書包裡。

叮鈴鈴的聲音響起。小女孩已經背上了書包。她看著老闆的臉說：「我走了。」她的聲音精神奕奕，響亮有力。老闆笑容滿面地說：「路上小心。」

小女孩踏著堅定的步伐離開了店裡。

老闆再度開始讀起書來。

那張紙是分數很低的考試卷嗎？會是作文紙嗎？還是信件呢？又或許只是一張白紙也說不定。

那個小女孩還會再來店裡嗎？比起第一次光顧的時候，今天的她變得開朗多了。她可能再也不會來了，也有可能還會再來光臨。

一個月之後，曾是相澤的幸子會過來拿回打字機嗎？還是她會就這樣消失無蹤呢？天曉得呢？

還有那位紅衣女子，以後有一天會再回到這裡嗎？

我不知道。恐怕連老闆自己也不曉得吧。

老闆就是在這裡，等待著未知的可能性。因為等待就是寄物商的工作嘛！

我想這個地方，應該就是大家的歸宿吧。

是永遠守在這裡，等待大家回來的地方。

克莉絲蒂先生

我的上面什麼都沒有。

我的下面擁有一切。

因為我就懸掛在天花板上。我也不是自願想要這個樣子的，但是我打從出生開始，就一直被掛在這裡了。

我的下面並肩排列了好幾輛單車。每輛車都是全新得閃閃發亮，也分別附上了合理的價格牌。紅色、藍色、綠色、金色、銀色，色彩繽紛，也有黃色跟黑色的單車。大家沒有胡亂地躺在地上，每輛都站得威風凜凜。沒有一輛車是像我這樣被掛在天花板上。

這裡是家單車行，號稱是世界規模最大的店。我並沒有實際到世界確認過這件事。這是因為我一年到頭，都被掛在這裡的天花板上，世界就在我的下面，我只能默默看著，就算想摸也摸不到。我看得見的世界就是這間單車行，以及窗外的景色而已。

聽單車行的老爹說，這裡似乎是「全世界規模最大的單車行」。大部分的客人聽到這句話，都會點點頭說：「嗯嗯，說得沒錯。」所以我想這裡應該就是世界第一的單車行吧。

店裡的窗戶很大，大得不得了。店門口從上到下，一整面全都是窗戶。窗戶外面有一條大馬路，公車和卡車熙攘來往。路上也會有單車經過。雖然在外面行駛的單車，不像下面排排站的單車那樣光鮮亮麗，但是卻神采飛揚。他們燦爛的不是外表，而是靈魂。在我眼裡，行駛的單車看起來耀眼奪目。他們的模樣，比掛在天花板上的我還要帥氣好幾倍。

老爹會對客人說：「現在超市跟大賣場都有在賣單車。在鍋子和棉被的旁邊，就擺著單車在賣。那種的都很便宜啦！所以很多客人都會選擇去那裡買單車。可是啊，你可以自己去那裡試騎看看。騎完之後再來跟我們的單車做比較。騎起來就是不一樣。所謂單車啊，最重要的就是組裝。這裡面可是藏了很多玄機呢！由我們這種專家來操刀，才能讓單車發揮出原有的最大力量。千萬別小看組裝的步驟哦。現在也有人會郵購單車回來自己組裝，但如果不是特別有研究的單車迷，根本沒辦法組裝到好。他們會以為自己已經組裝得很完美，是因為那種人根本沒騎過真正的單車。要孕育出真正的單車，除了需要用心實在的製造商之外，還必須要有專業良好的組裝技術。這位客人，您聽好囉。就當作被騙一次看看吧。如果想要一輛舒適又耐用的單車，來我們這邊買準沒錯。」

客人聽完都會佩服地點點頭，可是卻不曾有人開口說「那我要買這一輛」。他們只會四處摸一摸單車，說聲「我下次再來看看」，然後轉身離開。最後再也不會看到對方來光顧了。

儘管單車的銷量不盡理想，單車行的老爹卻很忙碌。所謂的單車，有時會爆胎也會煞車失靈。客人會把失常的單車帶來，修理修理再修理。這就是老爹主要的工作。

當客人帶著壞掉的單車來，老爹都會說：「才剛買三個月？這是在站前的超市買的吧？仔細看，就是這裡，因為當初在組裝的時候，都沒有特別注意到這裡啦。所以現在只要稍微多加點負擔，車身就會出問題。下次要買單車的時候，建議你最好還是去單車行買吧。只要組裝得實在，就不會那麼容易出狀況。雖然價格多少會有一點貴，但是你可以當成是先付一筆修繕費，去單車行買比較安心。」

客人「嗯嗯嗯」地答腔，欽佩地點點頭，滿足地看著修好的單車，像是聽了一席金玉良言般地應聲附和，笑容滿面地離去。但是這位客人以後再也不會來光顧了。因為老爹的技術高超，會幫客人仔細修理到好，讓單車不再出現問題。就算要出毛病，也是好幾年之後的事情，客人到時候大概會以為是單車的壽命已到，會直接換輛新車吧。

即便如此，老爹還是賭上單車行的自尊，將單車修理到完美。因為老爹是真正的單車專家。我知道老爹雙手的溫暖。在我剛完成的那時候，他滿足地嘀咕著「很好」，拍了一下我的坐墊，然後一臉驕傲地把我掛在天花板上。他有時候也會把我搬下來，幫我做做保養。那個時候我就想，恐怕不會有人想要買我回家吧！何不乾脆讓我成為老爹的單車呢？

就像老爹擁有單車行的尊嚴一樣，我也有身為單車的尊嚴，我不希望自己一輩子就這麼被掛在這裡。我想奔馳在馬路上。真不曉得那會是什麼感覺？

那一天天氣晴朗。

玻璃門被打開，有客人走了進來。是一位西裝筆挺的紳士，還有一位差不多國中生年紀的少年。少年身穿深藍色的制服，頂著一頭捲髮，淡褐色的頭髮看起來毛毛躁躁，皮膚白皙，身材就像女孩子一樣纖細。

「你喜歡哪一輛？」紳士對少年說道。

客人上門的時候，老爹不會立刻上前招呼。他覺得必須要先讓客人盡情地到處看看。如果馬上過去攀談，很容易讓客人提高警戒轉身離開。先暫時放客人獨自逛逛，這就是老爹做生意的方法。

大部分的客人在自由地瀏覽後，最後還是會主動向店家開口提問。這個時候，老爹就會恭敬有禮地接待對方。只是我覺得就算這麼做，客人到最後也不會買，那倒不如乾脆直接上前做介紹，讓客人早早離開還比較好。

但是對老爹來說，單車不單單只是商品，而是像自己的作品，或者親生小孩一樣，光是有人在一旁欣賞，就足以讓他感到高興了吧。

「這種的怎麼樣？」西裝紳士說著，拍了拍眼前那輛綠色單車的坐墊。

看來他的眼光挺不錯。那是日本製的新型號，相當受到歡迎。雖然在這裡一輛也沒有賣出去，但是我常常看到有人騎在路上。

「怎麼樣？這輛很帥氣耶。上面寫著十六段變速喔。真是不敢相信啊。記得爸爸以前小時候，只要有兩段變速就算是最新款的了。」

爸爸……原來如此，他們是父子啊。

少年握著把手，瞄了一眼價格，臉色黯淡下來。他握了旁邊灰色單車的把手，又握握藍色單車的把手，眼睛環繞了四周後，視線最後停留在一輛黃色單車上。

他輕聲地說：「像是這一種的。」

只見紳士拍了拍少年的肩膀。

「你在擔心太貴嗎？剛，你這個傻瓜，平常已經夠辛苦了。今天沒關係，別在意什麼價格，畢竟這是慶祝你升高中的賀禮嘛。爸爸都在摩拳擦掌了呢。」

「可是……」

「爸爸很高興哦。你實在太厲害了。不但考上頂尖高中，而且還是公立學校。學費便宜多了。你真是懂得孝順父母的好孩子。你要騎單車上學對吧？如果車子不帥氣一點，小心會被朋友看不起，更重要的是會交不到女朋友哦。」

那名叫做剛的少年「嗯」了一聲。

「爸爸會幫你跟媽媽說清楚的，沒什麼好擔心的啦。」紳士說。

這時候剛滿臉通紅地說：「不要跟媽媽說。我自己會好好跟她說明的。」紳士說著「我明白了」，把手放到剛的頭上。看起來簡直就像是在對待幼稚園小孩一樣。他還真是寵愛兒子啊，我心想。

就這此時，一隻紋白蝶從外面飛了進來。

剛跟紳士的眼睛都看向了那隻紋白蝶。紋白蝶翩翩地飛呀飛的，就像是喝醉酒似地徘徊了一陣子後，最後竟然停在我的右邊把手上。

剛跟紳士彷彿是第一次發現到我的存在，眼睛直盯著我這邊瞧。同時受到兩雙眼睛的注目，我得意洋洋地秀出燦爛光輝。

剛伸出手指了指我。

「爸爸，那輛……」

話說到一半，剛顯得有些躊躇，但他還是咬牙說出了口。

「我喜歡那輛淺藍色的單車。」

此時單車行老爹立刻上前搭話。

「那輛車叫做克莉絲蒂，是很少見的型號。」

紳士轉頭詢問老爹，「克莉絲蒂？我從來沒聽過耶。是哪一家的牌子啊？」

老爹走近兩人開口說明。

「製造商其實是間小公司。是某位原本在世界第一大單車廠商裡，擔任首席設計師的男子所創立的。他過去因為妻子去世辭去工作，在家裡窩了十年，不過就在五年前，他睽違許久製作了單車。由於是個人經營，所以輛數相當少，這就是他當時最初期的設計。他還用太太的名字來做命名。之後，因為又發表了新款，其中一輛舊款就流到我們這裡來了。」

紳士和剛都露出炯炯有神的眼神在聆聽。他們似乎很滿意我的背景經歷。單車行老爹繼續往下說：「現在這款車型全日本只有一輛而已。外型很美麗吧？」

「這應該是非賣品吧？」

「雖然不是非賣品，只不過價格不是很親切。」

老爹說完後敲敲計算機，把數字秀給紳士看。紳士吹了聲口哨。

「這還真是不便宜啊。」

語畢，紳士皺起眉頭，雙手交叉在胸前看著剛。只見剛撇開眼說：「我還是不要了。」

紳士笑瞇瞇地笑了笑，開口說：「請給我這一輛。」就在這瞬間，剛倏地抬起頭望向父親，雙頰變得通紅。

他肯定很高興吧，一定高興得不得了吧。

於是乎，我從天花板上被拆了下來，成為十五歲少年笹本剛的所有物。配合剛的身材體型，單車行老爹仔細地為我調整、上油，用乾抹布把灰塵擦得一乾二淨，把我整理得漂漂亮亮後才交給了剛。

最後單車行老爹對剛說：「如果單車出了什麼毛病，記得拿來我們這裡修理。」

「毛病？」

「車身受到撞擊就會留下傷痕，要是放著傷痕不管，很快就會生出鐵鏽。你隨時都可以拿單車過來，我會幫忙保養的。」

剛點點頭，牽著我走出店外。老爹這時候再度出聲喚他。

「要是輪胎沒氣了，這邊可以幫忙充氣。有空就騎過來繞繞，檢查一下狀況。」

老爹看起來一副百感交集的模樣。這可是筆大生意，他大可開心一點啊。

一來到店外，我打從出生以來第一次接觸到戶外的空氣。感覺真是清爽。剛一臉驕傲地緊握手把，跨在我身上。

「爸爸，謝謝你。」

剛這麼一說，紳士笑容滿面地伸起一隻手，坐上了停在店門口的汽車。那輛車不但氣派，還閃耀著黑色的光芒。引擎發動了。車子緩緩地開到大馬路上，輕輕響了兩聲喇叭聲後，便咻地一聲加速開走了。

我嚇了一跳。

因為他們是父子，我還以為兩人會一起回家。對了，原來是這樣啊，大概是父親還有工作吧。大人要去上班，小孩要去上學。我完全忘記這件事了。

仔細想想，其實我算是一朵從沒離開店裡一步的溫室花朵。雖然從老爹工作時播放的廣播，讓我多多少少可以掌握到社會脈動，但那些也不過是毫無實際經驗的空泛知識而已。比方來說，我知道地球是圓的。換句話說，只要一直往前走，就會回到原來的地方。我雖然明白這個道理，可是我卻不知道要走多久才能回到原地。

在未來，我應該還會碰到更多令我詫異的事情吧。這並不代表這個世界錯了，只是因為我缺乏經驗而已。

我想要吸收一切，每天學習新的事物。

接著，我上路了。

這是我打從出生以來，第一次在路上奔馳。

剛的操控技術一流，我跟他一起暢快地行駛在大馬路上。這就是我長久嚮往的「奔馳」。我終於實現了夢想。柏油路跑起來好舒適，車輪旋轉得痛快。我感覺到了風。風是水藍色的，我自己是這麼認為。我也是水藍色，跟風融為一體。奔馳，真是太讚了！完全超乎我的想像，啊啊，這該怎麼形容才好，真難以言喻。

我現在正在發光。這是我這輩子最燦爛的時刻。

我的靈魂閃閃發光！

剛的喜悅跟我一樣澎湃，從緊握把手的掌心，隱隱傳來他的心情。

剛喜歡我，我也喜歡剛。這輩子，我們兩個要一起走下去。在風中，我許下承諾。

騎一陣子後，剛停了下來。他跳下我的身體，牽著我往前走。他大概是騎累了吧。只見他走進一條奇怪的街道。這是一個叫做商店街的地方，據傳聞聽來，這裡好像禁止路人騎單車或是開車。一路上我遇到了好幾輛單車，不過每輛車不是一邊載著沉重行李，就是讓小孩子坐在上面，然後一邊被人牽著走。

放眼望去，沒有一輛單車像我一樣帥氣，大家全都是一種叫做菜籃車的老舊車型。我被牽著走在商店街上，使勁全力地散發光采。

難不成剛是想要炫耀一番嗎？那些老古板的單車一看到我，都不禁發出「喔喔」地讚嘆聲。

哈哈哈哈，是我贏了！

雖然搞不太清楚，但心裡滿是勝利的滋味。

商店街的道路很狹窄，我差點就要撞上一輛不近人情的古板單車，嚇得我膽戰心驚。因為對方的身上載著大型行李，我便向他說了聲「辛苦了」，對方回答：「哎呀，好一個年輕人。真是帥氣呢！」

我很帥氣。我自己也是這麼認為。不單單只是帥而已，更重要的是，我在路上奔馳過了。我是真的很帥氣。我心滿意足。

走了一段路後，剛的腳步停在一面藍色的門簾前，偷偷探頭看了看裡面。儘管剛看起來很猶豫不決，不過他最後還是推著我鑽過了門簾。他是要進來買什麼東西嗎？

這家店比單車行還要小多了。店裡的玻璃櫃被擦得亮晶晶，還有一間和室房，裡面坐著一位清秀的男子。

「歡迎光臨。」男子說。

他跟單車行的老爹有著天壤之別。他們的相異之處，就是氣質。他的氣質十分高雅。男子有雙淡灰色的眼眸，彷彿像是玻璃一般地晶瑩剔透，完全看不出他在注視哪個方向。店裡只有這一位男子在，恐怕就是這裡的老闆吧。

剛站在原地說：「我可以把單車寄放在這裡嗎？」

我大吃一驚！

還以為自己會跟著剛一起回家。

這也是當然的吧？單車，正常來說都是擺在家裡面吧？雖說是家裡面，但大部分都是放在外頭啦，例如像是院子或者是倉庫。如果不固定放在家裡某個角落，應該會很不方便吧？而且更重要的是，不曉得那位爸爸會怎麼想？等他下班回到家，要是不見單車的蹤影，一定會不知所措地問：「克莉絲蒂去哪了？」

還是怎樣？難不成這只是我太不懂事，才疏學淺的關係而已？其實大家都是把單車寄放在這種地方？這是常識嗎？

氣質高雅的老闆說：「當然可以寄放單車啊。這位客人，我們曾經有過一面之緣是吧？記得應該是一年前的事了。」

「對，」剛說：「但是上次那個包包，是別人拜託我拿來這裡而已。」

「是啊。當時你只是受人所託，我連你的名字都不知道。來，請上來坐坐吧。」

剛立起立車架，把我停放在石板地，脫下鞋子爬上和室。

「第一次來本店寄物時，本店必須要先知道客人的姓名。」老闆說。

剛盯著榻榻米說道：「笹本剛。」

「笹本剛先生，本店的寄物費一天是一百圓。請問要寄放幾天呢？」

剛稍微想了一想說：「三天。」接著他抬起頭問：「這裡早上幾點開門？」

「早上七點開始營業。」

「三天後，我會在早上七點半過來拿單車。」

「我明白了。如果三天後沒有來領回，單車將會歸本店所有。」

「我絕對會過來拿。」

剛這麼說完，便放下三百圓轉身離開。

我跟三百圓都被剛留了下來。

那天晚上，老闆把我搬進屋子裡。屋裡好像還有其他房間，但是我所待的地方，是位在屋子盡頭，廚房後門前的空地上。這裡一片漆黑，伸手不見五指。只見老闆靈巧地移動著身體，絲毫沒有受到黑暗的影響。過了一陣子我才發現，原來老闆似乎看不見東西。

老闆的手和單車行的老爹不一樣。皮膚細嫩光滑，白白淨淨的；而老爹卻總是散發著油膩的味道，雙手也乾巴巴的。不過在老爹的掌心裡，還有另一樣老闆手中沒有的東西。

我就在還沒搞清楚兩人的差異下，度過了寂靜的夜晚。

接下來的兩天，我都像這樣呆站在屋子裡。雖然跟掛在單車行的天花板相比，在這裡看不見什麼東西，但是光憑聲音，就足以讓我明白這家店的來歷。

這家店是在做一種叫做寄物商的生意，客人會來這裡寄放各式各樣的物品。老闆收取寄物費，幫客人保管物品。老闆的聽力似乎很好，他記得住客人的聲音，讓他能像明眼人一樣流暢地接待客人。

寄物商。

這家店裡沒有難纏擾人的熱烈情感，也沒有糾纏不清的負面情緒。因為老闆不像單車行的老爹那樣，會叨叨絮絮地和客人說話。只要客人要寄物，他便來者不拒。不過這並不代表老闆很隨便，他擁有的是靜謐的真誠。這裡就是這麼一個地方。

對，這就是我從老闆手中感受到的東西。該怎麼形容這種真誠才好呢？總之就是給人冰涼又平整的感覺；而單車行老爹的雙手，則是更為凹凸又粗糙。

儘管弄清楚了寄物商和老闆，我還是搞不懂自己的處境。我好不容易才脫離了天花板，奔馳在馬路上，可是現在卻得停在寄物商的屋子裡。

這是怎樣？這是社會常識嗎？因為我太孤陋寡聞，所以才會覺得這樣很不可思議嗎？

這個世界處處充滿著謎團。我真的有辦法生存得下去嗎？

三天後的早上七點半，剛準時出現了。

令我詫異的是，剛竟然伴隨著吱吱嘎嘎的聲音走了進來。他牽著一輛生鏽的單車。那是一輛漆著俗氣的杏色，外型老舊的單車。

「我想要寄放到今天傍晚。」剛這麼說，放下了百圓硬幣。他把杏色單車交給老闆後，就牽著新得發亮的我離開店裡。

我就這麼一頭霧水地被推到商店街上。

剛穿著跟三天前不一樣的制服，尺寸看起來似乎大了點。穿過商店街後，剛跨過我，騎上了大馬路。

我奔馳在路上，跟剛一起奔馳。這樣果然能感受到乘風而行的滋味。我越跑越開心，越來越有精神，讓我漸漸開始覺得，這個世界的謎團已經怎樣都無所謂了。

跑了三十分鐘左右後，我來到一處聚集了許多年輕人的地方，大家都穿著和剛一樣的制服。這裡就是傳聞中的高中吧。是那個最頂尖的地方啊。剛的爸爸曾經驕傲地這麼說過。

每個人都看起來聰明伶俐，騎著閃閃發亮的單車。不過其中沒有任何車能與我匹敵。因為其他單車只要一和我擦身而過，都會不禁讚嘆道：「是克莉絲蒂先生耶！」誰叫我是單車界的巨星嘛。

我使勁地散發光采，展現出自己最完美的一面。

就是秀出「我很了不起」的態度啦。

剛把我放在一處停滿單車的地方，上了鎖。我的位置是七號，隔壁的六號位置，停了一輛糟糕透頂的單車。那是輛生鏽的菜籃車。令我震驚的是，車身除了漆著幼稚的粉紅色之外，上管上頭還架了個給小朋友坐的兒童座椅。根本就是菜籃車之王嘛。

為什麼高中裡面會出現菜籃車啊？

我待在單車停車場等待剛回來。「你也太帥氣了吧！」「你的主人一定很愛惜你吧！」其他單車你一言我一句地向我攀談。話說雖然是大家主動跑來奉承，但其實我也不敢老實說出自己現在被寄放在寄物商，只好開口吹噓家裡的停車場有多豪華。

例如像是有屋頂遮風避雨，還會自動開燈等等啦；家裡養了附血統書的狗狗，所以在家都不會覺得無聊啦；或者是美女媽媽都會向我道早安啦。謊言中盡是我的夢想和希望。

六號菜籃車一句話也沒有說。想必她一定是對於不配停在高中停車場的自己，感到無地自容吧。

我想起了那輛寄放在寄物商的杏色單車。她實在是糟透了！因為主要是婆婆媽媽在騎的車型，前面還附了一個歪掉的菜籃。不過與其說是給婆婆媽媽用，感覺好像更適合給老奶奶騎吧。應該取名叫老太婆菜籃車才對。跟那輛相比，六號菜籃車似乎多少還是有在做保養，隱約感覺得到主人的愛情。

我在無意間開始思考，我的主人到底是誰？我想一定是剛沒錯。剛愛我嗎？

不久之後，剛回來了。朋友似乎在向他說「笹本，你的單車好帥喔」之類的話，只見他一臉開心地回答：「那是我的升學禮物。」

緊接著我再度開始奔馳。跟剛一起奔馳。乘風而行。

在奔馳的途中，我的心裡完全不會浮現出絲毫不安。沒辦法，因為我超開心的嘛。車手年輕又輕巧，騎車技術也很了得，而且年輕人又騎得特別快。

他是最適合我的主人。

剛太棒了！

只不過他今天又來到了商店街。當剛一從我身上跳下來，開始牽著我往前走的時候，厭惡的情緒便悄悄爬上了心頭。

剛又要把我寄放在那裡嗎？然後跟著杏色單車一起回家嗎？

我猜中了。剛鑽過藍色的門簾，牽著我走進店裡，向老闆說：「又要麻煩你了。」這一次他說要寄放到明天早上。

老闆答了聲知道了，收下一百圓，從屋裡牽出了杏色單車。這時候我突然愣了一下。單車沒有發出吱吱嘎嘎的聲響。那傢伙隨著滑順暢快的聲音現身，上面的鐵鏽都消失了。甚至連原本歪掉的菜籃也修好了。雖然單車的造型依舊俗氣落伍，可是卻有一種脫胎換骨的感覺。

剛接過杏色單車，露出疑惑的表情。

看來光是牽著單車，就能感受到車輪少了摩擦感，轉動起來輕鬆順暢。

雖然剛想對老闆說些什麼，但老闆已經先開口說了「路上小心」，他也就默默地走出店裡。

剛離開了。

老闆用他那雙真誠的手把我搬進屋內。

我在黑暗中這麼思考。老闆他並非只是單純在保管，其實還幫忙保養了那輛舊單車。他的眼睛看不到，也不像單車行的老爹一樣是個專家，想必他一定花了很多時間清理吧。

用他那雙真誠的手在清理。

我覺得真誠非常重要。這樣的人才會公平公正。老闆把他的真誠，平均地分給了我和杏色單車。

但是我所追求的並非是真誠，我渴望的是更多熱情。雖然我自己也不太清楚那究竟是什麼顏色，也不曉得到底是什麼形狀就是了。

不過那絕對不會是平整光滑，也不會是冰涼沁心。

之後，剛從禮拜一到禮拜五，每天早上都會過來接我騎去高中；在放學回家的路上，再把我帶到寄物商去寄放。他一定會牽走杏色單車回家。
禮拜六和禮拜天又是另一回事了。在其中一天的中午，剛會雙手空空地過來，然後騎在與往常不一樣的路線上。
我跟剛一起去看了巨大的高樓，也去看了高聳的鐵塔。鐵塔真是厲害，那樣筆直地朝天際刺去，天空好像很痛的樣子。
來到綠意盎然的公園時，我認識了樹葉的氣味。剛讓我看到了這個世界。自從脫離單車行的天花板後，剛讓我見識到各式各樣的事物，不過他卻不讓我看看我最想見到的東西，那就是剛的家。
那是發生在某個禮拜天傍晚的事。那天剛和我去爬了山，他似乎已經相當疲憊了。只見他一走進寄物商，就對著老闆這麼說：「每次都要付錢實在太麻煩了，我可以直接先付清一個月份的寄物費嗎？」
「當然沒有問題。」老闆說，接著他客氣地繼續說道：「只要去車站前的單車停車場登記一下，一個月只要付四百圓而已哦。」
剛沉默了片刻，「在這裡寄放單車會給你添麻煩嗎？」他問。

老闆笑容滿面地說：「本店完全不介意。只不過笹本先生現在還是學生，每天像這樣花一百圓來寄物，對你多少還是會有影響吧。」

老闆的眼睛雖然看不到，他卻說中了剛的學生身分。看來他應該是從聲音，或是光顧的時段等等，透過各種資訊推測出來的吧。

「要是停在車站前，會被媽媽發現的。」剛說。

老闆遞出了坐墊，「如果不介意的話，可以跟我商量看看煩惱哦。」他說。

「就算知道了什麼事情，我也絕對不會洩漏出去。你要不要說出來讓我聽聽？」

聽到這番話，剛似乎猶豫了一下，但他最後還是脫下鞋，登上和室房。

老闆只是靜靜地坐在原位，完全沒有要主動提問的打算。我突然想起了單車行的老爹。不用特別去招呼客人，他們自然會主動開口說話。看來連剛也不例外。

「其實我的零用錢已經快花光了，所以我也在想說差不多該到此為止了。」

老闆點點頭。

「上高中後我需要騎單車上學，所以媽媽就想盡辦法幫我弄到了一輛單車，就是那輛杏色的……」話說到一半，剛忽地回過神，改變用詞重新說了一遍。

「那輛舊單車是我們公寓隔壁的遠藤送的。遠藤說他年紀大了，已經沒有辦法再騎單車，正打算要把車子拿去丟掉。」

「所以那是遠藤送的單車啊。」

「對，我媽媽是個很溫柔的人。只要有錢，她一定會願意幫我買單車。不過現在就算她早上去超市上班，晚上再去便當店兼差，她還是買不起單車。因為她正在存我的學費。媽媽會這麼拚命工作，都是為了讓我以後可以去上大學。」

「因為單車不便宜嘛。」

「於是媽媽就把遠藤送的單車給了我。」

此時剛沉默了下來。

接著老闆立刻開口說道：「遠藤的單車造型比較樸實，跟年輕人騎的款式不太一樣，所以騎著那輛車去上學感覺有點丟臉吧。」

剛嚇了一跳。我也大吃一驚。老闆雖然是個老實人，但是腦袋卻很機靈。發現他其實聽得懂話中涵義後，我不曉得為什麼鬆了一口氣，就連剛似乎也放鬆了許多。

剛的嘴巴就像是上了油一樣，頓時滔滔不絕起來。

「當爸爸問我想要什麼升學禮物的時候，我忍不住脫口說我想要單車。明明媽媽都已經事先幫我準備好了。」

跪坐著的剛，將原本放在大腿上的拳頭用力握得更緊。「早上我會從家裡騎著媽媽給我的單車來這裡，再換成爸爸買的單車去上學。」他說，然後用不屑的口吻補充了這麼一句：「我欺騙了媽媽。」

「這哪算什麼欺騙，這你是對媽媽的用心良苦吧。而且像你這種年紀的年輕人，一定都比較想騎帥氣的單車嘛。」

剛說：「一般家庭或許是如此吧。」
「爸爸和媽媽在我上幼稚園的時候離婚，從那時候開始，我就一直和媽媽住在一起，爸爸現在則是跟別人一起生活。」
「原來是這樣啊。」
「爸爸偶爾會跟我見個面，還會說要買東西送我，但是我以前全都拒絕了。」
「為什麼呢？」
「因為媽媽很努力地在拉拔我長大。」
「這跟不拿爸爸送的禮物有什麼關係呢？」
「媽媽為了我在打拚，可是爸爸卻沒有。爸爸是個有錢人，輕鬆就可以帶給我幸福。」
這個時候，門簾搖晃了。彷彿像是在鼓勵剛似地，一陣舒服的風吹了進來，只是剛的表情依舊僵硬嚴肅。
「媽媽低了好多次頭，花了好多天的時間，才終於弄到一輛舊單車；而爸爸只要拿出卡片，就可以買到克莉絲蒂。他只要花幾分鐘就解決了。可是我卻比較喜歡克莉絲蒂。」

此時老闆開口說：「賺錢也不是一件易事哦。我想你爸爸一定也為了你做過許多努力。」

剛的雙頰在轉眼間變得通紅。他似乎從來沒有這麼思考過。我是在單車行裡長大，所以我非常清楚賺錢有多麼不容易。或許是因為剛沒有跟爸爸一起生活，他才不了解這份辛苦吧。說不定在他的眼裡，只看得見媽媽的辛勞。

老闆溫柔地這麼說：「如果你能告訴媽媽真正的實情，我覺得她一定會為你感到開心。聽到寶貝兒子現在騎著帥氣的單車上學，我想沒有母親不會高興的。」

此時剛馬上發出巨大的音量。

「那當然！媽媽一定也會很開心看到克莉絲蒂！」

接著他又用微弱的聲音說：「可是我……」

沉靜的時間流過。剛似乎在摸索著自己的心情。最後他總算是找到了答案。

「我不喜歡。」

剛站起身說：「我明天還會再來。」然後就牽著杏色單車離開了。

明明被頂了嘴，老闆的臉上卻浮現著淡淡笑容，看來他好像很滿意剛的發言。

你問我？

我根本什麼都搞不清楚。

這個世界太複雜了。

不過，雖然這只是我的猜想，但我覺得剛應該是想要喜歡上杏色單車吧。可是他卻無法順利做到，覺得心煩意亂吧。我猜應該是這麼回事吧，大概、可能。

一想到這，我的心情就變得五味雜陳。

因為這樣一來，就會讓我不禁開始覺得，這根本是剛和杏色單車間的問題，跟我一點關係也沒有。

我的心情突然變得好寂寞。這個時候，老闆用他那雙真誠的手觸摸了我。他用冰涼又平滑的手把我搬進屋內，開始用抹布擦掉輪胎上的泥巴。因為手法不是很熟練的關係，感覺起來不但很癢，也沒辦法清理得很乾淨。不過，他讓我的暴躁心情冷靜了許多。

那個時候我就心想，幸好他是個老實人。

過了一個禮拜後，我像往常一樣待在高中的單車停車場等著剛。正當五月的陽光讓我忍不住打起瞌睡時，一陣噪音吵醒了我。

有個女高中生在旁邊粗魯地移動著六號的粉紅菜籃車，她的手肘不小心撞到我，轉眼之間，停在我右側的整排單車跟著應聲倒下。

嘎鏘嘎鏘！嘎鏘鏘鏘！

彷彿世界裂開的聲音頓時響起！

料想會聽見單車們的慘叫——啊啊，這個臭女高中生！

可是在那之後，單車們卻是一句怨言也沒有。因為那位女高中生不但露出嚴肅的神情，認真地搬起一輛又一輛的單車，她還長得十分美麗。

她頂著一頭直長髮，白皙皮膚，烏溜大眼，還有堅挺有型的鼻子，以及水嫩光滑的嘴唇。她咬著水潤的唇瓣，好好地搬起每一輛單車。所有的單車都屏氣凝神，等著她來扶起自己。最先被扶起來的單車就是我，她的身上散發著迷人香氣。這到底是什麼味道啊？

了不起的人就連氣味也是與眾不同。

就在她忙著扶起其他單車的時候，粉紅菜籃車第一次向我搭話了。

「真是不好意思哦。」

毫無心理準備的我，不禁慌了手腳。我頓時一句話也答不上來。

「你踏板上的支架受傷了。」

「有嗎？」

「雖然只有一點點，不過你的身上留下傷痕了。」

我猛盯著粉紅菜籃車瞧。她全身上下早已是傷痕累累，滿目瘡痍。現在根本不是擔心我的時候吧。我的心聲彷彿傳了過去，菜籃車開口說：「我沒關係啦。反正都已經被操得這麼破舊了，就算隨時被丟掉也不奇怪。倒是你的身上一點也不適合傷痕。」

「不用介意啦。」

「我以前就有看過你哦。你之前是掛在單車行的天花板上吧？」

「你看過我嗎？」

菜籃車一臉不好意思地說：「因為我去那裡修理過了好多次啦。掛在天花板上的你一直都是閃閃發光，就像月亮一樣耀眼。竟然能在那個地方眺望世界，我覺得你好厲害呢。」

這樣啊。原來在旁人眼中的我是那個樣子啊。

「沒想到竟然會有跟你並肩而停的一天，我真是太驚訝了。」

「為什麼你不早一點跟我說你認識我呢？」

「因為你待在店裡的時候，都老是盯著外面看啊。在你的眼裡，根本看不進那些需要修理的單車吧。雖然我認識你，你卻不認識我，所以突然要我在這裡跟你打招呼，總覺得怪不好意思的嘛。」菜籃車吞吞吐吐地說道。

我的胸口出現怦然心跳，說不定這就是戀愛吧。

「站在我的旁邊，就是，那個……」

「什麼？」

「開心嗎？」我試著問道。

沒想到出乎意料地，粉紅菜籃車竟然嘆了一口氣。

「我也不曉得該怎麼說好。前陣子去單車行修理爆胎的時候，那片天花板少了你在，看起來莫名地乾淨清爽，感覺變得好無趣。」

「老爹還好嗎？」

「嗯，很好啊，只不過我實在不喜歡那裡空蕩蕩的。」

比起老爹，菜籃車好像更注重空間的樣子。

我這麼說道：「以後還會再掛別輛車上去啦。」

我們聊得正起勁的同時，長髮美女高中生依舊忙著仔細扶起單車，就在地上只剩下一輛單車的時候，一隻手默默伸了出來。

剛不發一語地抬起了最後一輛單車。

女高中生笑瞇瞇地對剛說：「謝謝你。」

被剛抬起來的單車咋舌了一聲，感覺就像是在表達「好不容易要輪到我了，結果怎麼會是這傢伙啊」。我懂我懂。

剛紅著臉說：「妳是B班的荒井同學吧。」

「是啊，你怎麼會知道我的名字？」美少女說。

剛沉默不語。

那還用說嘛，像她這樣的美女，男生老早在入學典禮的時候就已經鎖定了啊。

抬完單車的荒井牽著粉紅菜籃車往前走。剛則是一邊推著我，悄悄地跟在她身後。

荒井回過頭對剛說：「我從以前就一直覺得隔壁那輛單車好帥氣，原來車主是你啊。」

「我是A班的笹本。」剛悄聲地做了自我介紹。

荒井說：「我的這輛單車是媽媽用過的。欸，你看。你相信嗎？我小時候也坐過這裡呢。」

荒井用手拍了拍兒童座椅。

「妳不拆下來嗎？」

聽到剛這麼問，荒井說：「因為我等一下還得去幼稚園接我妹妹啊。接妹妹回家是我的任務。」

說到「任務」二字時荒井加重了語氣，挺起胸膛。

我感到怦然心動，因為荒井此時看起來閃耀動人。站在她身旁的粉紅菜籃車，也得意洋洋地閃著光芒。

她身上的光采，就跟我還掛在單車行時，那些奔馳在外的單車不相上下。她們閃耀的方式一模一樣。耀眼奪目。

荒井和菜籃車，是最完美的拍檔。

回頭看看剛，他則是呆呆地張著嘴杵在原地。快給我說點話啊，你這個笨蛋！像是說句「好厲害」，或是問問「妹妹幾歲啦」、「她可愛嗎」之類的嘛。說什麼都好啦，快把話題接下去啊！

我自己也是個笨蛋。明明想對粉紅菜籃車說聲「你真帥氣」，但我卻說不出口。

荒井就像駕上白馬似地跨上菜籃車。

「拜拜。」荒井說完，就頂著一頭黑色長髮飄逸離去了。

在回家的路上，剛和我一起奔馳。

真是奇怪。剛一臉嚴肅，騎在跟平常不一樣的道路上。咻咻咻地騎呀騎的，瘋狂奔馳，簡直就像打算要繞地球一圈一樣。

我拚命地跟上剛雙腳的速度。

轉啊！轉啊！

眼前的事物通通消失在身後，所有的一切都化為過去，我們朝著未來前進。

我還能繼續跑！跑到天涯海角也沒問題！

剛上接不接下氣，最後總算是停了下來。

在眼前等著我們的，是我從沒見過的風景。

那是一片巨大的水窪。

剛開口說：「到海邊了哦。」

這不是在自言自語。這句話，絕對百分之百是在對我說。剛把我當作他的伙伴，和我說話了。

我竭盡所能地回答：「原來如此，原來是海啊。」我雖然不會說話，但我覺得我的心聲已經透過把手傳達給剛了。

我跟剛一起看了沉入海面的火紅太陽。我們待了好久，仔細地眺望。

太陽完全落入海面，但天色依舊還是很明亮，我跟剛就趁著還沒天黑之際，回到了寄物商。

那是我最後一次跟剛一起奔馳。

從那天以來，剛就再也沒有來寄物商接我了。

換句話說，我被他拋棄了。
如果問我會不會失望，老實說嘛，是有啦。不過心情倒也不是很糟糕。剛大概是喜歡上了杏色單車吧。我想他不是討厭我，也不是騎膩了我。因為剛的心思打從一開始就不在我身上。
但是我們曾經對話過一次。就在那個可以看見夕陽跟大海的地方。
今後我打算懷抱著那份回憶走下去。
以後我會變得怎麼樣呢？不食人間煙火的我不會知道。就算想像不知道的事情也是無濟於事。
寄物商的老闆每天都會用抹布擦擦我，幫我做做保養，然後等待著剛的來到。他沒有發現留在踏板支柱上的那道小傷痕。畢竟傷痕實在太小，老闆的眼睛又看不到，這也是沒辦法的事。再過一陣子，鐵鏽就會開始從那裡冒出來。想當然，這我也是無能為力。
過了寄放期限的一個月後，老闆決定死心了。他找來區公所的人看看我的情況。

「可以麻煩你們像往常一樣幫忙回收嗎？」

他的語氣很熟練。看來這應該不是他第一次處理單車。

區公所的大叔仔細地端詳了我，說道：「平常回收一輛單車都是收五千圓，不過我們最近建立了免費回收的系統。」

「那還真是幫了我一個大忙。請問是要怎麼處理呢？」

「我們會先免費回收像這種品質良好的單車，經過保養之後，再當成二手單車便宜轉手。這是地區與單車行互相合作的系統。如果你同意的話，要不要我先幫你聯絡一下單車行？」

「那就萬事拜託了。」老闆低頭鞠躬。

區公所的大叔拿出一個小小的四角物體對準了我。當我還在納悶那是什麼東西的時候，那個四角物體突然發出了閃光。

我嚇了一大跳，還以為自己要融化在光線裡了！

那道光大概閃爍了三次左右。

區公所的大叔說道：「我會用電子郵件把照片寄給合作的七家單車行。

到時候等他們看完照片，有興趣的店家就會過來這裡回收。」

什麼啊，原來是在拍照啊。愛嚇人的區公所大叔離開了店裡。我最後並沒有融化在光線中。真是受不了啊！

就在我被閃光嚇到的那天晚上。

寄物商的門發出啪鏘啪鏘的敲打聲。

大半夜的是怎麼回事啊？

老闆慌慌張張地從屋內房間走出來，打開了門。

「克莉絲蒂在哪裡？」

我聽到了手足無措的聲音。

雖然我被收在屋子裡，但是我馬上就認出那是單車行老爹的聲音。老闆用他那雙真誠的手，把我從屋裡牽到店裡後，我看到了老爹。

「克莉絲蒂！」

老爹雙眼通紅地凝望著我。要是我也有眼睛的話，我說不定會哭出來吧。

老爹紅著眼睛仔細觀察著我，用手觸摸了踏板的支架。他發現那道傷痕了。明明小得不得了，他還是注意到了。真不愧是老爹啊！

「這輛車要多少錢？」老爹向老闆問道。

老闆說：「這不是拿來賣的。平常我都是付錢請人帶去資源回收。」

老爹從破舊的錢包裡抽出五張鈔票，塞進老闆的手裡。

「我用這些錢跟你買。」

老闆看起來似乎很不知所措。

「這樣違反區公所的回收規定。」老闆這麼說，試圖把鈔票還回去。

接著老爹這麼說：「我不會把這輛車當成二手車拿去賣。我是以個人身分想要向你購買。這輛單車我之前是用雙倍以上的價格賣出去的。要是不付你這些錢，我的心裡不會舒坦。」

老闆沉默不語。

老爹露出一副已經完成交易的模樣，雙手緊握著我的把手不放。此時我感受到了。感受到一種並非真誠，而是厚實不平，歪斜扭曲的某樣東西；一種充滿熱情，強硬又實在的某樣東西。

那就是「愛」。

我一直夢寐以求的東西，就在老爹的掌心裡。

我可以想像得到，老爹一帶我回家，就急著修理車身傷痕的模樣。

「謝謝你幫我照顧這傢伙。」

老爹對老闆這麼說完，就打算把我牽出店外。

老闆便緊接著說道：「那輛單車並不是被主人拋棄。」

老爹回過頭。

老闆說了一句「雖然這樣有點多管閒事」做為開場白，開口說道：「把車子寄放在這裡的人，其實很喜歡那輛單車。我想他真的非常疼愛那輛單車。可是，那個人因為還有其他非守護不可的東西，才逼不得已地放下車子。」

老爹沉思了一會兒後，笑容滿面地說：「只要騎過這傢伙一次，就不可能會有人捨得放下了啊。我想對方一定是有什麼不得不放手的苦衷吧。」

聽到這些話，老闆露出鬆一口氣的表情。

我和老爹一起走到店外。外面早已一片漆黑。在夜晚的商店街裡，每家商店都是鐵門深鎖。老爹戰戰兢兢地跨上我，在空無一人的商店街裡踩起踏板。這是老爹第一次騎上我。

喂喂喂，很危險耶。噫呀呀，要撞上美容院的招牌了啦。

老爹的駕車技術不像剛那樣穩定，騎起來不但搖搖晃晃，體重還重得不得了。老爹雖然是組裝單車的專家，卻好像不太擅長騎單車。

不過騎了一陣子後，老爹似乎開始抓到訣竅，該怎麼說呢，他已經能不時咻地一下子，筆直地往前騎二十公尺左右的距離。

雖然商店街裡禁止騎單車，但是在這種大半夜裡應該沒關係吧。

老爹，你看，連星星都在笑。

星星彷彿像在說著「儘管騎吧」。

接著我們穿過商店街，騎上了大馬路。

一路上歪歪扭扭，完全想像不到這裡曾是我和剛一起騎過的路。

被緊握在厚實又凹凸不平的雙手中，我往前奔跑。
安靜地，慢吞吞地，搖搖晃晃地在奔跑。
我們緩慢又不穩，是一對連風兒也懶得理睬的糟糕拍檔。我想從今以後，我們都會一直像這樣走下去吧。
在星空之下，老爹和我都好幸福。
希望剛跟杏色單車也能過得幸福快樂。我這麼心想。

夢幻曲

好空虛。

每天都是空虛的日子。

我已經失去自我多少年了啊。

我想想哦，隨便算算也要二十年了。二十年來我都是空蕩蕩的。因為我是個毫無用處的大個呆，只是個占空間的麻煩。

我真想說一句「不是這樣的」。

這不是我真正的模樣。

雖然有點自賣自誇，但我的實力真的不是蓋的。只要我能活得像自己，我就可以大顯神威。看看我的過去就能明白。以前的我為人行事，活得燦爛耀眼。

不過現在不一樣了，真是可惜。

如果這麼繼續下去，我還寧可直接消失算了。

可是憑我自己的力量根本什麼也辦不到。

不管是活著，還是消失，全都得要配合他人的需求，我的立場還真是悲慘啊。

「午安。」一名男子這麼說，鑽過門簾走進店裡。

沒錯，這裡是一家店。是位在一條名叫明日町金平糖商店街一端，毫不起眼的一家店。

這位客人很高大，為了避免撞到門框，他走進來的時候還稍微彎了一下腰。

他頭戴灰色呢帽，身穿灰色的三件式西裝，繫著深灰的領帶。怎麼啦、怎麼啦，這傢伙全身上下都是烏漆抹黑的！從年紀來看，應該可以稱他老爺爺吧。只不過他不但腰桿挺直，也沒有拄著拐杖，即使體格單薄，看起來還是精神奕奕的。

「歡迎光臨。」老闆說。

總是坐在和室一角讀著書的老闆，因為眼睛看不到的關係，他都是用手指在讀書。雖然在我眼裡，他就是個乳臭未乾的黃毛小子，但是年紀輕輕的他卻意外地穩重冷靜。

而且他的直覺特別敏感。只要門簾有些微擺盪，他就能在一瞬間察覺到有客人造訪。他的第六感特別準，不曉得他是不是透過空氣的動靜來分辨。只不過他還是完全沒注意到本大爺的不滿。每天早上他都會用乾抹布細心擦拭我，可是他不但完全沒有意思要使用我，也沒有打算要處理掉我的意思。

全身灰得像老鼠的老爺爺把手擱在我身上，一邊將體重壓在我身上一邊脫下鞋，登上和室房裡。

不是只有灰色爺爺會這麼做。每個人都習慣用手扶著我。

因此在我身上，都留有當天客人的指紋。

要是老闆有一天遭到殺害的話，就可以靠我來揪出兇手。所以我擁有存在的價值。如果我不這麼想，哪還有幹勁撐下去啊。真是的！

今天的客人是個新面孔。老闆都是聽聲辨人，他現在一定早就發現到對方是第一次來光顧。

灰色爺爺沒有坐上老闆請他坐的墊子，直接就跪坐在榻榻米上，姿勢優美端正。只見他把帽子摘下來放在一旁。真沒想到他設想得如此周到，竟然連頭髮也是灰的。

老爺爺從皮革製的包包（黑色的）裡拿出一封信封。什麼嘛，不過就是一封信嘛。尺寸是一般常見的大小，信封也是白色的，一切極其普通。有夠無聊！真希望他能拿出個什麼稀奇古怪的東西，把店裡搞得雞飛狗跳，讓我看看老闆驚慌失措的模樣。

灰色爺爺遞出信封說：「我想要寄放這個。」

老闆一收下信封，就問道：「我明白了。請問要寄放多久呢？」

灰色爺爺似乎還沒決定要寄放到什麼時候，只見他發出「唔嗯」的聲音在沉思，然後開口說：「我要寄放兩個禮拜。」

「那麼寄物費一天是一百圓，總共是一千四百圓。」

聽到老闆報出的金額，灰色爺爺面有難色地說：「這樣有點傷腦筋啊。因為這是非常重要的文件。這樣好了，我一天出到一千圓，用一萬四千圓請你保管。」

真是稀奇的客人。他竟然要求提高寄物的費用。是想要什麼特別服務嗎？在那封平凡普通的信封裡面，裝了這麼值錢的東西嗎？

老闆斬釘截鐵地說道：「恕我無法接受。本店並不會因為只收一百圓就隨隨便便處理，收了一千圓就認真保管。無論是什麼樣的東西，我都會在同樣的條件下用心看管。」

聽到這番話，灰色爺爺不發一語。這片沉默實在讓人焦躁難耐，要是我有手臂的話，我還真想用力甩一甩手，只是我做不到就是了。而老闆的模樣，看起來並沒有絲毫的不滿，依舊保持著平常心靜靜等待對方說話。

等到灰色爺爺總算開口的時候，他卻像是在爆料什麼秘密一樣，用著裝模作樣地口氣這麼說：「其實我是羊。」

嚇死我啦！原本還以為他灰得像隻老鼠，沒想到他竟然是隻羊？

老闆面不改色，冷靜地這麼說道：「所以是你的主人想來寄物——應該說是你的雇主才對吧？」

羊點了點頭。

原來如此，我弄清楚啦。我想爺爺應該是個江戶男兒吧。他似乎把日語的「ＨＩ」跟「ＳＨＩ」給說反，其實他要說的是「管家」[3]啊。這樣就連我也聽懂了。

這麼說起來，老爺爺的說話方式的確很有管家味道。管家是負責照顧大人物的人，平常都跟大人物呼吸同樣的空氣，所以也是差不多偉大。

總覺得令人有些懷念。

雖然那是在寄物商還沒開店以前的事，記得以前也有一種叫做管家的人種經常會來光顧。這裡原本是間和菓子店，是一家名聲響亮的店，所以有錢人家的僕人常常會進出這裡。我在那時候可是身負重要任務，大顯神功了一番。

灰色爺爺說：「放在那封信封裡的文件，是來自某大公司的首腦人物。簡單來說呢，就是出自社長之手。那位社長希望把這份文件交給我來保管。平常社長的重要物品都是鎖在保險箱裡，可是社長現在遇上許多煩憂，情緒

3 日文中的羊（HITSUJI）與管家（SHITSUJI）發音相似。

變得不太穩定，對周遭的人特別疑神疑鬼。似乎在害怕要是被人發現保險箱裡的重要物品，就會被有心人士偷走。社長甚至連親朋好友跟公司員工都信不過，所以才會委託身為管家的我來保管。」

「看來您深受他的信賴呢。」

即使聽到這句話，灰色爺爺看起來也沒有特別高興。

「總之無論如何，我絕不能弄丟社長託付給我的重要文件。但我不過只是個獨居的老糊塗，心裡難免還是很擔心。就在這個時候，我得知這裡有人在做寄物商的生意。」

「是別人向您介紹本店的嗎？」

「社長時常會收到各界送來的禮品，我必須要負責整理那些物品。我在其中的點心禮盒中，發現這裡的商店街地圖，上面就有出現「寄物商」這幾個字，讓我特別印象深刻。」

哦哦，原來寄物商有這麼稀奇啊。其他地方都沒有嗎？那我們乾脆在別處開分店，擴大成連鎖店也不錯啊。連鎖店聽起來很有現代感的味道，有種生意興隆的印象呢。

灰色爺爺繼續說道：「我們是相當大型的企業，所以我覺得寄放在這種店家裡，反而不會被周遭察覺，能夠遵從社長的要求。」

你說啥？

這個人竟敢說出這種失禮的話。他話中的含意，是在表達社長是個大人物，所以只跟了不起的人物來往，而那些了不起的人物，根本不會來光顧像我們這種店家。

雖然不甘心，但他說的沒錯。在這條商店街裡，這家店看起來不但特別寒酸，就連門簾也是俗氣得不得了，再加上還有我這種廢物擋在出入口，老爺爺的看法確實很公道。

不曉得是不是看到老闆默不作聲，讓灰色爺爺覺得很無趣，他的眼睛看向了我。因為最近不習慣受到注視的關係，我嚇了一大跳。

老爺爺開口向老闆問道：「我從剛剛開始就很好奇了，這個玻璃櫃是放在這裡做什麼用的啊？」

可惡，這個惹人厭的臭老頭！

你剛剛不是用手扶了我，才能輕鬆爬上那裡嗎？結果你竟然忘恩負義，嫌我是個沒用的廢物。我嫌我自己沒關係，但我可不容許別人這麼批評。

老闆緊接著說：「因為這裡原本是一家和菓子店。」

「原來如此，所以這是原本放和菓子的玻璃櫃啊。」

「寄物商的工作是從我才開始的。」

「寄物商確實是沒有商品需要陳列啊。如果你需要的話，我可以幫忙請業者來做回收喔。這應該很礙事吧？」

你說啥？

我慌了手腳。急得像熱鍋上的螞蟻。

如果沒辦法活出自己，我還寧願直接消失算了。這二十年來我一直都是這麼想，可是一旦死到臨頭，還是會忍不住緊張萬分。

救救我！

我還不想消失！

保持現在這樣就好！

我有了一個新發現……原來，我這麼小家子氣。

老闆說：「就是因為需要，我才會把玻璃櫃放在這裡啊。」

咦？

「需要」是什麼意思？灰色爺爺代替我，問出了這句我想問，但是卻無嘴可問的疑惑。

「需要？可是裡面空蕩蕩的啊。」

「在我眼睛還看得見的時候，那個櫃子就一直放在那裡了。還有掛在門口的門簾也是。我是故意讓這家店的擺設，保持著當時的原貌。這樣一來，我就彷彿像是看得見一樣了。多虧如此，我才能在這裡行動自如。」

我恍然大悟。老爺爺也露出了原來如此的表情。

老闆繼續說道：「你現在眼裡的一切，我也全都看得到喔。我是靠心眼在看。雖然店外的事情我不懂，但是店裡的事我全都知道。所以讓這裡保持這個模樣，對我來說相當重要。」

我的心裡感慨萬千。

所以老闆才會每天早上拿著抹布擦拭我，努力維持店裡的景象啊。老闆需要我。這二十年來我到底在鬧什麼彆扭啊！

我真是個蠢蛋！

也許老闆是這麼想的。

在老闆腦中的風景裡，我的肚子裡大概還擺放著一大堆和菓子也說不定。練切菓子[4]、外郎糕[5]、黃身時雨[6]、水羊羹[7]、素甘[8]、餡衣麻糬[9]、吉備糰子[10]。這些色彩繽紛的和菓子，至今仍放在我這裡。

就連我也看得見了。看得見那滿是和菓子的景色。

這時候要怎麼說才好呢，我的心裡開始油然生起，又或者該說是一發不可收拾地湧現出一股名叫幹勁的東西。

我其實早就活出自我了啊！

以前只是沒有發現到而已！

「那麼，我就付給你一千四百圓。」

灰色爺爺這麼說道，遞出一萬圓紙鈔和四枚百圓硬幣。老闆收下後，用指尖檢查了萬圓紙鈔，再用手指量了量鈔票大小後說：「請稍等一下。」他從擺在房間一角的木盒中，抽出一張五千圓紙鈔還有四張千圓紙鈔。木盒裡的錢都分門別類地整理過，所以一下子就找得出來。

灰色爺爺端詳著老闆拿錢的模樣。收下找錢後，盯著鈔票問道：「鈔票上面有註明點字嗎？」

「上面有識別記號。就在肖像那一面的左下角。」

---

4 在內餡裡加入白豆沙與糯米粿，並製作成各種精緻造型的日式點心。
5 用米粉和砂糖炊蒸而成的日式點心，口感Q彈有勁。
6 在內餡裡加入白豆沙及蛋黃炊蒸而成的日式點心。
7 減少寒天用量，增加水份的一種羊羹，為消暑的日式點心。
8 使用粳米與白糖製作而成的日式糕餅點心。
9 用紅豆餡裹著麻糬的日式點心。
10 使用黍子粉和糯米粉等製作而成的日式點心。

灰色爺爺用手指摸摸那一角，歪了歪頭。

「你只要這樣摸就分辨得出來嗎？」

「舊鈔因為經過磨損，辨識起來比較困難，所以我最後都會用尺寸來判斷。」

「那你要怎麼分辨硬幣？」

「一拿在手上立刻就分得出來。因為重量都不一樣。」

灰色爺爺欽佩不已地點了點頭，將找錢收進長皮夾裡。

老闆說出一如往常的字句。

「若兩個禮拜後沒有來領取，物品將歸本店所有；如果想提早前來領回也沒問題，不過剩餘費用不會退還。另外還有一項規定，本店必須要知道客人的名字。」

灰色爺爺沉默片刻。他看起來好像記不得自己的名字，畢竟都年紀一大把了嘛。最後他總算是想了起來，說道：「木之本亮介。」

「這是非常重要的東西，我一定會過來拿。」他說完後，就戴上帽子，離開了店裡。

沒想到自從那次開始，老爺爺竟然成為了常客。

老爺爺在兩個禮拜後準時現身，表明自己是木之本亮介，領回信封。接著過了兩個禮拜，他又來寄放信封。

老闆沒有主動過問，所以我也不曉得信封裡是不是裝著相同的東西。老爺爺每兩個禮拜會出現一次，不斷地重複寄物和領物，就這樣過了三個月。在這三個月裡，他們兩人都會一起談天說地，為我帶來不少樂趣。

木之本亮介是個發問狂，他原本一開始是納悶我的存在，接著他又轉而對門簾上的文字發問。

「『SATOU』這個屋號是你的姓氏[11]嗎？」

「不，您誤會了。我姓桐島，這裡在以前就叫做桐島菓子鋪，所以我在

11 SATOU與日本姓氏「佐藤」同音。

開始做寄物商的生意時，也是用桐島作為屋號。其實我有很長一段時間，都沒有發現門簾上寫著『ＳＡＴＯＵ』。在我的記憶裡面，門簾就是鮮豔的藍色，我對門簾最後的印象，就是它隨風飄盪的模樣。」

「那麼那個『ＳＡＴＯＵ』又代表了什麼意思？」聽到木之本爺爺這麼問，老闆歪歪頭。

「天曉得，我也不知道。」

木之本爺爺露出驚訝的表情。

「桐島先生，你還真是個悠哉的老闆啊。沒想到門簾上的字不是屋號，而且連你也不懂那些字的意義。在明日町金平糖商店街的地圖上，可是大剌剌地寫著『寄物商．ＳＡＴＯＵ』呢。」

老闆遲鈍的模樣，惹得老爺爺不禁開心地哈哈大笑。正常來說，像這種因為失明而犯下的錯誤，大家通常都不會開口嘲笑，不過老爺爺卻是一點也不忌諱的樣子。大概是這樣的態度讓老闆感到很開心，他也跟著哈哈地開懷大笑。

「老闆可是一國一城之主啊。換句話說，也算是個社長啊。像你這樣悠哉的人，哪能勝任社長一職啊。」

聽到木之本爺爺這麼說，老闆難得地發問了。

「貴公司的社長，是個心思縝密的人嗎？」

此時木之本爺爺悄聲地說：「是啊，相當縝密。」接著還又加了一句，「縝密到走火入魔的地步呢。」

「其實大部分的成功人士，個性都是膽小又謹慎。因為膽小才會事先仔細調查，因為害怕才會做好萬全準備，最後才能多少做出一番成就。不過，就算有了成績，心中的害怕也不會就此結束，所以他們才會一直繼續努力下去。」

說到這裡，不曉得是不是因為喘不過氣來的關係，老爺爺突然沉默片刻，過了一會兒才感慨地說：「努力是永無止盡的。那真的是很累人啊！不管是對當事人，還是對周遭的人都一樣。」

老闆在嘴裡嘀咕著「努力」二字，露出感觸良多的神情。

「這個字跟我不是很搭調。木之本先生呢？」
「要是沒了努力，我就連一根鼻毛也不剩了。」
這麼說完，木之本爺爺哈哈大笑。

就在聊完一根鼻毛的隔天。
有名男子像是要扒開門簾似地，氣勢洶洶地闖進店裡。他粗魯地脫下鞋，輕巧地登上和室房。
「喂。」男子說。只是說是這麼說，卻遲遲不見他的下一句話。
老闆從容不迫地請他坐上坐墊。沒想到男子竟然意外聽話地坐了上去。
他應該四十幾歲了吧。年紀似乎比老闆大了一輪。他的身上穿著西裝。看起來是件很高檔的西裝。
這傢伙剛剛沒有伸手扶著我，看來他的體能似乎很優秀。我沒有他的指紋。就算他出手毆打或是刺傷老闆，我也留不下證據。
老闆，你可要小心一點啊。

「木之本有來過這裡吧？」男子說。
老闆一點反應也沒有。
「把木之本寄放的東西給我交出來。」
老闆繼續默不作聲。昨天木之本爺爺在聊鼻毛話題的時候，就已經領走了信封。現在信封根本不在店裡。
「喂，你有在聽我說話嗎？」男子說。
結果老闆開口說：
「我無法透漏客人的資訊。」
「要錢的話我有。木之本付了多少？我付你雙倍的價。快拿出來。」
「你請回吧。」
老闆口氣強硬地說道。我的冷汗直流。就在我以為男子準備大鬧特鬧的時候，沒想到男子卻輕輕嘆了一口氣。
「這裡是這麼值得信賴的店啊。」
真是不可思議的男子。我原本還以為他會用粗暴的語氣問話，沒想到他的態度竟然變得這麼有風度。他真正的面貌到底是什麼模樣？

老闆露出了微笑。

「要是少了信賴，我就連一根頭髮也不剩了。」

男子這時大驚失色，「我老爸來過這裡嗎？」他說。

「老爸？」

「因為那句話很像我老爸會說的話啦。不過，我父親不可能會來這裡。畢竟現在可是他的生死關頭啊。」

「生死關頭？」

男子突然躺成了大字型，盯著天花板說：「好累。」他閉上雙眼不久後，便傳出了打呼聲。

喂喂喂！

真是令人難以置信，這個人竟然在店裡睡著了！

老闆卸下了門簾。他今天似乎不打算做生意了。畢竟要是客人一進來，看到有男子正在這裡睡覺，肯定會嚇一大跳；而且男子的打呼聲也有點吵人，老闆甚至關上玻璃門，以防聲音傳到外面去。

不曉得男子是不是真的累了，他完全睡得不省人事。從他的外套內袋偷窺得到皮夾，手腕上的手錶也看起來很高檔。就算知道這裡是間值得信賴的店家，這樣會不會太沒有防備啦？

老闆走到店後方，然後拿著毛巾走出來，蓋在男子的肚子上。

接著，老闆便開始讀起書來。

這是什麼平常心啊。難道老闆不覺得他的打呼聲很吵嗎？

我可是被吵到受不了了耶！

與木之本爺爺之間的對話中，老闆似乎說了什麼「跟努力不搭調」之類的話，不過在我看來，老闆可是一個十足的努力家。正確一點來說，應該是個忍耐家。

忍耐黑暗，忍耐時間的流逝，忍耐孤獨，忍耐任性的客人，就連現在也在忍耐著噪音。他願意接受所有事物。這些就是他全部的人生，想必對年輕的他來說，這樣的人生肯定充斥著忍耐吧。

但是像現在這樣望著老闆那張鼻梁高挺，清新俐落的臉龐，他就像是個從沒吃過苦頭的小少爺一樣，溫文又儒雅。難不成，他是打從心底喜歡這份工作嗎？在這份名為「等待」的被動工作中，他說不定已經找出屬於自己的意義了。

天色開始昏暗，店裡也變得越來越漆黑，但是這樣並不會影響老闆讀書。

突然之間，打呼聲停止了。就在我以為他是不是死掉的時候，男子坐了起來，開口抱怨：「好暗！」這對眼睛看得到的人來說的確會有障礙啊。

老闆打開日光燈的開關，房間明亮了起來。男子立刻慌張地端正坐好，他一看到毛巾，便道了聲「不好意思」。哎呀呀，這傢伙的態度還真是前後不一啊。

老闆說著「別客氣」，摺好毛巾後開口說道：「本店已經打烊了。」若無其事地暗示男子離開。

男子把頭貼在榻榻米上，簡單來講就是擺出低頭下跪的姿勢說：「請把木之本寄放的文件交給我。」真是個難纏的男人啊。

老闆笑了笑。

「下跪對我不管用哦。因為我的眼睛又看不到啊。」

「可是你現在明明就知道不是嗎？知道我正在對你下跪。」

老闆直接了當地說：

「本店是寄物商。或許這家店在你眼裡看起來很悠哉，但我是認真地在做這份工作。我無法擅自透漏客人寄放的物品，也不能告訴你對方是否有在這裡寄物。」

大概是敵不過老闆的強硬態度，男子沉默不語。不過他卻一動也不動，像是在靜靜地沉思些什麼似地。最後他悄聲說道：

「木之本寄放的文件，其實是我父親的遺書。」

男子就像是在講給自己聽一樣地這麼說著。

「身為兒子的我有權知道。」

看到男子滿腔思緒的說話方式，老闆似乎考慮了一下子，但他的想法依舊沒有改變。

「我無法透漏任何有關寄放物品的事情。」

男子眼裡浮現出失望的神色。老闆明明看不見這一幕，但他卻用和藹的語氣補充了幾句話：

「不過我倒是可以聽你聊聊哦。」

男子像是鬆了一口氣地說：「那就請你聽我說說吧。」放鬆了原本端正的坐姿。看來這下子要聊上一陣子了。

立在一旁的門簾發出嘎答聲響。她一定是好奇到按捺不住了吧。她愛湊熱鬧的個性跟我一模一樣。

在微弱的日光燈中，男子開始娓娓道來。

「我的父親是大企業的社長。他從以前開始就是個工作狂，在我的記憶裡，他從來沒有陪我玩過。老實說我非常寂寞。我沒有經歷過叛逆期。因為就算想要叛逆，家裡也沒有對象啊。這股冷淡的情緒，讓我決定儘量和父親保持距離。可是就算當時年紀還小，我還是很佩服他。覺得那麼拚命的父親很厲害。

我進入了父親的公司，一直努力地想要做出好成績。因為不想被別人說是靠爸族，所以我拚命地埋頭工作。只是在父親眼裡，那樣根本稱不上是努力就是了吧。半年前，父親搞壞身子，住進了醫院。聽說他好像還一邊打點滴一邊工作的樣子。不過就在最近，我在公司聽到奇怪的風聲。聽說父親已經寫好了遺書。遺書中似乎有提到自己在外面有私生子，還有繼承人的事情等等，周圍的人都在四處打探消息。就連我自己也好奇地在尋找遺書。因為在家裡沒找到，東探西找之後，最後總算是找到這家店來。」

「為什麼你會覺得在這裡呢？」

「因為車子。就是漆黑的社長用車。之前有留下木之本管家使用過的紀錄。經過調查後，我發現車子似乎曾經數度停在這條商店街前面。如果要藏遺書，不可能會在鮮肉店或是理髮院裡，所以一定是在這裡吧？」

男子這麼說著，揉了好多次眼睛。他沒辦法保持冷靜。

老闆開口問道：「父親住院之後，你有去探病過嗎？」

「沒有。」
「找到遺書之後你打算做什麼呢？」
男子沉默了。
「你是想要知道，父親究竟有沒有認同自己嗎？」
男子一句話也沒有說。
「你害怕父親去世嗎？」
「誰怕啊。」
「那麼，你直接去見他不就好了嗎？」
男子繼續默不作聲。
「你的父親真的寫好了遺書嗎？」
「大家都是這麼說的。」
「傳言不值得一信啊，更何況……」
「更何況？」
老闆微微一笑。

「遺書怎麼樣都無所謂吧？最重要的是，你的父親現在還活著不是嗎？」

男子一語不發地站起來。他的頭撞到了日光燈，光線搖晃不定。

男子放眼環視店內。接著他開口問道：「你的父母呢？」

老闆說：「我的父親是個上班族，母親則是在經營點心鋪。」

男子再度望望店裡，探頭窺視了裡面的房間。他接著說：「屋子裡好像沒有其他人的樣子。」

老闆面不改色，一臉若無其事地坐在原位。

「你看得到自己的雙親嗎？」男子說。

「你看不到嗎？」

男子露出呆滯的表情看了看外頭。天色已暗。

「怎麼感覺好冷。」

男子這麼說著，離開了店裡。

之後過了兩個禮拜，灰色爺爺都沒有現身。上次那位社長兒子也沒出現。

寄物商的生意十分興隆。

有小女孩跑來寄放莉卡娃娃，有大叔來寄放像是黑膠唱片之類的東西，也有老奶奶寄放已逝丈夫的眼鏡，客人叨叨絮絮地聊著自己的故事，寄物又領物。

大家通常都只會光顧一次，像灰色爺爺那樣的常客少之又少，於是我開始隨意想像起他不再光顧的原因。

比方說像是社長跟兒子上演了再會戲碼，透過某種形式解決了所有事，管家也不再需要來店裡寄放遺書之類的。

樂觀一點來想的話，大概差不多就是這樣吧。

老闆應該也很在意這件事吧。可是老闆是在老爺爺領回信封後才知道遺書的事，信封現在也不在店裡，無論他好不好奇，也沒人可以幫忙解惑。不管是老闆還是我，都只能待在這家店裡，各自做好自己的本分。

就在某一天，一隻三毛貓跑了進來，輕巧地跳上和室房，把銜在嘴裡的小東西放在坐墊上。

老闆發現後，伸手拿起那樣東西，頓時說了聲「好冷」。老闆很少自言自語，想必那東西一定相當冰冷。那是貓咪的小寶寶。全身雪白，一動也不動。

應該是母親的三毛貓喊了聲「喵嗚」，然後就離開了。

老闆將那隻跟日式饅頭差不多大的貓咪寶寶放在掌心，另一隻手掌就像棉被一樣蓋在寶寶身上為牠取暖。但是等了一陣子，貓咪寶寶依舊一點動靜也沒有。

老闆就這樣把小寶寶包裹在掌心裡，走進屋內房間，然後就沒有再回到店面了。接下來長達一個禮拜，老闆都沒有開門營業，一直窩在屋子裡面。

接著又過了一個月。

店裡已經恢復了正常營業，老闆用指尖讀著書，門簾也像是鬆了一口氣似地悠哉搖擺，我則是想像著自己肚裡的和菓子，意識逐漸矇矓。這該怎麼形容呢？這就是一般所謂的和平，日常生活中的日常。

一名男子打破了這股日常氣氛。

有位胖胖的男子說了聲「你好」，走了進來。他的年紀看起來介於大叔與老爺爺之間。

他的打扮莊重整齊，身穿黑色西裝。因為體重很有份量的關係，當他的手一扶著我，我立刻就發出嘰咿地聲音，這股沉重甚至讓我擔心起自己的玻璃會不會破掉。

男子嘿咻一聲踩上和室房。

「歡迎光臨。」

老闆請他坐上坐墊後，男子便老實地坐了下來。坐墊的身影，完全消失在男子的屁股底下。

男子拿出一個看起來很沉重的布巾包裹，「我想要來寄物。」他說。

老闆接下包裹，似乎被物品的重量嚇了一跳，他把包裹擱在膝上，小心地解開布巾。裡面是一個經過裝飾的四角木箱，老闆好奇地用手不斷來回撫摸著。

男子說：「你可以打開蓋子看看。」

老闆一打開蓋子，聲音頓時響起。這到底是什麼啊？這聲音聽起來就像是小鳥在用細小的雙腳，蹦蹦跳跳地踩在鋼琴鍵盤上一樣。

怎麼感覺好開心啊。愉快，愉快。心情好興奮。

雖然想要永遠聽下去，聲音卻在轉眼間停止了。

老闆說：「這是夢幻曲吧。」

「是的。是舒曼（Robert Schumann, 1810-1856）的夢幻曲，音樂盒的招牌曲目。」

「你是要寄放這個音樂盒沒錯吧？」

老闆感慨萬千地闔上蓋子，環抱著膝上的音樂盒，一副緊擁不放似地。

他好像連平常會問的寄放時間、寄物費用，還有客人名字等招牌臺詞都忘了。看來這應該是相當稀奇的東西吧，而且還會發出聲音。老闆因為眼睛看不見，對音樂特別敏感，而且這音樂又擁有讓人心情愉快的魔力。我想老闆他現在，一定還沉浸在音樂的餘韻中吧。

男子說：「我想要寄放五十年。」

「五十年？」

「沒錯。我聽說寄放一天是一百圓。這邊是一百八十二萬五千圓。」

男子遞給老闆一封厚重的信封。

老闆輕輕地將音樂盒放在榻榻米上，接下信封後，看起來好像在沉思什麼的樣子。這也是當然的嘛，這麼大一筆錢，一般人哪裡付得出來。

男子說：「只不過我有一個條件。」

我緊張了。該不會是要做什麼危險的事情吧？

「我希望你平常可以拿出來使用，不要把音樂盒收在裡面。想要聽夢幻曲的時候，就把音樂盒放在身邊，轉一轉發條。這就是我的條件。」

這時老闆終於開口了。

「你的意思，是想把這個音樂盒送我嗎？」

「如果我真的要送，我就只會付一百圓的寄物費了。到了明天那就會成為你的所有物，這樣一來，你也有可能拿去轉賣吧。」

「嗯，是啊，是這樣沒錯。」

「如果拿去轉賣，你會得到一筆能買下一間六本木公寓的錢。」

老闆看起來嚇了一跳，說不出話來。

六本木的公寓到底要多少錢？幾萬？幾百萬？不對，還是幾千萬啊？

「這就是這麼值錢的骨董。我希望你能把這東西留在身邊，不要拿去轉賣。」

「為什麼？」

「這是某個人的遺言。」

「某個人？」

這次換男子沉默了。

老闆說：「寄物的時候，我需要知道客人的名字。」

「我叫做木之本亮介。」

這瞬間，老闆手中的厚重信封掉落在地，信封裡的鈔票飛了出來。

「木之本先生？不對，你不是木之本先生！」

老闆難得地提高音量。會嚇一跳也是當然的啊。木之本亮介是那個灰色爺爺才對。他不但是店裡的常客，跟老闆的感情也很好嘛。

男子撿起信封，一邊把鈔票放進去，一邊用冷靜的語氣斬釘截鐵地說：

「我就是木之本亮介，管家木之本亮介。」

老闆看起來難掩驚訝，他甚至沒注意到男子遞過來的信封。我的腦中也是一團混亂，什麼都搞不清楚了。之後老闆深深吸了口氣，再吐出來。大概是多虧了氧氣吧，他好像突然掌握到什麼關鍵。

「難不成，之前常常來光顧的客人，其實是你的社長嗎？」

咦？

灰色爺爺他是……社長？

騙人！

老闆的腦袋是不是燒壞了啊？

沒想到，男子竟然點了點頭。

真的嗎！

那傢伙明明灰得像隻老鼠，那麼單薄纖細，結果卻是社長？

在住院時寫下遺書的社長？

社長假裝成管家往來這裡嗎？

……為什麼？

真正的木之本亮介說：「我是一名管家。我依照社長的遺言，將音樂盒寄放在這裡，並遞交寄物費。這就是我的使命。不過接下來我要說一些額外的事情。接下來的話並不是遺言內容，但我想好好告訴你關於社長的事情。你願意聽聽嗎？」

老闆應了聲「好的」。

門簾在搖擺著，好像迫不及待地想要知道。

「社長去世了。」

老闆的臉僵住了。

木之本紅著眼睛，強忍著淚水。

我的心裡……變得天翻地覆，玻璃彷彿就快要迸出裂痕。

等待了幾分鐘的沉默後，木之本才開始繼續說下去。

「社長是個聰明人，做事也很努力。雖然因為戰爭失去雙親，可是他靠著獎學金上大學，以優秀成績畢業，進入一流企業。他又在重重努力下，拿出實際成果，甚至還爬上社長的位子。他不是天才，只是一個努力的人。儘管他的個性不是很機靈，也不太懂得喬事情，但他就是拚命地在努力。」

我想起了一根鼻毛的故事。要是沒了努力，就連一根鼻毛也不剩了。雖然本人是這麼說，但我覺得並非如此。至少還是會留下一、兩根鼻毛才對吧。因為那個人說起話來十分幽默，與老闆之間的對話非常有意思。所以我跟門簾都很期待那個人的造訪。他不是只有努力而已，我總覺得那傢伙的心裡，還蘊藏了深度。

「社長是個除了工作之外，什麼也不懂的呆頭鵝，從來沒有跟女性交往過，年過四十左右的時候，才在周圍的撮合之下相親結婚。對方是個溫柔又清秀的好太太。他們夫妻倆相處和睦，生下了一個兒子。雖然社長因為忙碌，沒有什麼時間可以好好抱抱孩子，但是在他的胸前口袋裡，隨時都放著兒子的照片。可是，就算把照片放進口袋裡，對方也不會明白。社長兒子在過了青春期左右的時候，開始與社長保持距離，兩人已經有好多年沒有說到話了。」

他在說那個打呼男的事。

「三年前，社長夫人因病去世。社長大概是受到了嚴重打擊吧，舊疾復發惡化，甚至還住進了醫院。結果，公司內部便突然流傳起社長寫好遺書的風聲。因為社長是公司的重要人物，才會使得周圍開始紛擾不安。大家開始胡亂猜測遺書內容，例如像是有寫到公司的繼承人，要如何處理土地和房產，其實在鄉下有私生子，或是養了年輕情婦等等，甚至還企圖要找出遺書。當社長知道連兒子正少爺也在拚命尋找遺書時，他便開始疑神疑鬼，食慾也沒了，身體越來越虛弱。

某天社長突然喃喃地說『我的人生到底怎麼了』。他拒絕會客，不打算見任何人，獨自面對著白紙，一個人陷入沉思。對，沒有錯。社長根本還沒有寫什麼遺書。他那時候正打算要來提筆。不過他最關心的不是公司繼承人，也不是交代財產的事。他唯一掛念的，就是某樣他想貫徹自我意志的東西。」

老闆拿起音樂盒，打開蓋子。因為沒有先轉發條，盒內沒有發出任何聲音。

「就是這個音樂盒。那是他跟夫人去新婚旅行時買的紀念品。社長希望把這個音樂盒，託付給會好好珍惜一輩子的人。但是當發現身邊沒有這樣的人選時，他感到很洩氣。我為了想幫上一點忙，便把公司的客戶名單交給社長，還尋找了遠房親戚，不過社長也只是默默地盯著名單看而已。

就在某天，社長說他終於寫好了遺書。還吩咐我備車接送他。就算我說要幫他拿來寄物，社長還是不聽。我只好勉為其難地準備好車，瞞著醫院偷偷帶社長出來。我照著社長的指示，把車子停在這條商店街的入口。接著社長就自己來到這裡寄放遺書了。之後社長還告訴我，說他遇到了一個直爽的年輕人，讓他稍微變得有精神多了。」

這瞬間，我彷彿聽見灰色爺爺的笑聲。記得他好像都是爽朗地哈哈大笑吧。

「在那之後，社長只要一想到什麼，就會說他想在遺書上多加幾筆，然後跑到這裡領回遺書，寫好之後又再拿過來寄物。改寫遺書只不過是個藉口。我猜社長大概是想要來見你吧。」

老闆搖搖頭，這麼說道：「這是不可能的。我們沒聊過什麼了不起的事情。我想他一定是又多改寫了重要的內容吧。」

結果木之本卻說：「寄放在這裡的遺書，全部都只是白紙而已哦。」

老闆露出大為震驚的表情。我也嚇了一大跳。

木之本瞇起了眼，彷彿像在回想當時的情景。

「社長恐怕是看到我提供的名單，心裡覺得厭煩，才決定假裝成已經寫好遺書的樣子吧。他想把白紙遺書拿來寄放，然後就此停止尋找託付音樂盒的人選。我完全被社長給騙得團團轉。不過，被騙也好。因為社長的病情雖然已經嚴重到無法外出，可是只要來過這裡，情況就會莫名地出現好轉。我都是待在車上，在商店街的入口等待社長。社長每次回到車上時，臉色都會變得有精神多了。我很久沒看到那麼開朗的社長了，不，應該是我第一次見到才對。原本我還以為他的病情會這麼繼續好轉下去，恢復健康。」

啊啊，我真想開口說話。說這一切全都是假的。

灰色爺爺很有精神。生病根本是天大的謊言，他是在裝病而已吧？說他已經去世也是，他根本只是在裝死吧？因為他本來就是個愛瞧不起人的老爺爺嘛。想必木之本根本聽不到我的反駁吧，只見他繼續往下說。

「某一天，正少爺來到醫院。他的神情變得和顏悅色許多，我心想這下應該沒有問題，便讓他見了社長。正少爺說他跑去寄物商那裡想拿回遺書，卻被對方不由分說地趕了出來，然後哈哈地高聲大笑。他大笑的方式跟社長一模一樣。現場的氣氛就像什麼事都沒發生過一樣。」

木之本停頓片刻後，百感交集地說：「這都是託你的福。」

「我並沒有特別說過什麼話。」

「所謂正確的言論，是無法打動人心。在過去，我已經三番兩次地勸正少爺好好跟社長談談，可是他卻完全聽不進去。你待在這家店裡，認真地完成份內的工作。或許就是這份堅毅不搖的態度，激盪了正少爺的心吧。」

老闆靜靜地眨了眨眼。木之本繼續說：「社長對正少爺說過了。說他是個努力的人，以後有辦法靠自己的力量成功。正少爺則是對社長說了聲謝謝。不知變通的兩人在相隔多年後終於和好如初。那天晚上，社長便以煥然一新的心情，第一次提筆寫了遺書。桐島先生，社長就是在遺書裡寫到要將音樂盒交給你保管五十年。」

老闆把音樂盒放在掌心，像是要為它取暖似地摸了摸。

「那是老闆在澳洲買的骨董。他跟夫人出外旅行的經驗，就只有新婚旅行那一次，剩下的人生全都獻給了工作。社長說他在深夜開完會，回到家人早已入睡、一片靜悄悄的家裡時，就會獨自聽著夢幻曲來消除疲勞。」

當木之本說到這裡，老闆便轉動發條，打開了蓋子。猶如小鳥在用腳彈著鋼琴的樂聲，悠悠地迴盪在店裡。

「寫完遺書的隔天，社長就像鬆了一口氣似地辭世了。」

當木之本雙眼通紅地這麼說完，從屋子裡面，突然傳來了「喵嗚」的叫聲，一團棉絮滾了出來。不對，不是棉絮。那是一隻好小好小的白貓。

「哦，原來你有養貓啊。」木之本像是在掩飾淚水似地這麼說。

老闆放下音樂盒，用雙手輕輕抱起小貓，「這是客人寄放的。」他說。

客人寄放的？

我原本還以為那是屍體，原來牠還活著啊！

老闆那一個禮拜，都窩在屋裡的房間。他那時候一定是在拚命讓小貓死而復生吧。

我開始想，不曉得老闆的手能不能也讓灰色爺爺復活？沒多久，我馬上就發現這是件不可能的事。反正，這不過只是玻璃櫃在胡言亂語而已。緊接著我又立刻浮現另一種想法。那隻貓說不定就是灰色爺爺投胎轉世。嗯，這種說法就現實多了，毫無矛盾之處。

「這孩子叫什麼名字？」木之本問。

「我沒有幫牠取名字。」老闆說，接著他就像是靈光一閃地說：「就取名叫『社長』吧。」

「你的社長曾經說我的個性太過悠哉，不是當社長的料。既然如此，就請牠來當寄物商的社長吧。」

木之本說：「聽起來挺不錯。」然後哈哈哈地笑了出來。

在那之後，木之本和打呼男就再也沒有來過店裡了。

音樂盒莫名地被放進我的肚子裡，老闆每天都會拿出一次音樂盒，轉轉發條，打開蓋子，小鳥便緊接著開始跳起舞來。

老闆不再想像這裡是家和菓子店，而是打造了全新的風景。看來老闆的內心，似乎有了什麼改變吧。

只要一傳出這個聲音，白貓社長就會從屋內出來，待在店裡休息。不曉得牠是覺得小鳥很好吃，還是牠其實是隻喜歡舒曼的氣質貓咪？貓咪跟玻璃的性情不太相投，所以我無法了解。

打烊後，就連老闆回到屋內，音樂盒也還是放在我的肚子裡。

沒人想得到在這種破爛小店裡，竟然會有價值好幾千萬的骨董，所以我想，應該是不用擔心被偷走吧。

雖然音樂盒已經上了年紀，卻還是像少女一樣純粹。因為她就待在我的肚裡，所以我很明白。

音樂盒原本是為誰而做，以前在哪裡過著什麼樣的生活？被新婚夫妻買下的時候，是抱著什麼心情來到日本？我雖然曾經試想過，卻遍尋不著答案。這是因為音樂盒的個性十分謙虛有禮，除了在為人帶來喜悅的時候之外，平常都是閉口不語。

不過無庸置疑的是，她有很長一段時間，都深受社長夫妻所需，而現在則是老闆與白貓社長的寶貝。而且，對我而言也是不可或缺的存在。要是她可以明白這些事就好了。

希望現在的她，會滿意這裡的生活。

星星與王子

一下了電車，我立刻就感覺到涼意。

早知道就帶條絲巾來了。我的手上提著沉重的波士頓包。裡面雖然塞滿衣物，卻沒有一件能披在身上禦寒。

每次都是這樣。我做事老是丟三落四。

指尖好冷。手一插進上衣口袋，就摸到了智慧型手機。對了，差不多該打通電話連絡了。

撥了通老家的電話，是早已等待許久的母親接起。

「奈美？妳人在哪？」

「我剛到車站。」

「那麼，妳可以去商店街幫我買丸子回來嗎？」

「我已經買了蛋糕耶。就是媽媽交代的那個。」

「六本木的Chateau？」

「對啊。我買了新推出的紅酒色蒙布朗，還有媽媽愛吃的千層蛋糕。」

「哇啊，真開心。我當然會吃蛋糕啊，丸子是要拿來拜拜的啦。」

「原來是這樣。因為爸爸最愛吃那家的醬油丸子嘛。」

「妳知道是哪一家嗎？就是在明日町金平糖商店街裡面。」

「我知道我知道。真是懷念耶！原來那家還在啊。我會過去看看，然後再順便繞去其他地方逛逛好了。」

「良介他會不會累啊？」

「今天良介沒來。」

「咦？奈美妳是一個人來？」

「嗯。」

「真是稀奇呢，害我炸了好多天婦羅。」

「好啦，我掛了哦。」

我把智慧型手機收進口袋裡。頓時間，我嘆了好大一口氣。抬頭仰望天空，天氣陰陰的。我雖然找了一下，卻還是沒看見晴空塔的影子。

包包好像比剛才還要更沉重了。行李與心情的重量成正比，開始越來越笨重。看到這些行李，不曉得媽媽會說什麼？

她會不會開心地說：「妳可以住下來嗎？」

還是會擔心地問：「發生什麼事了嗎？」

結婚五年了。雖然偶爾會回老家看看，但以前卻不曾繞到商店街去。我憑著記憶走了一段路，一下子就看到了。是商店街屋簷上的招牌。這裡有串燒店、和菓子店、理髮院，還有咖啡廳。儘管看得見外牆上的暗沉和改建痕跡，但處處林立著記憶中的店家。雖然原本的香煙鋪早已消失，現在變成了一家百圓商店，不過還是看得出以前的影子。

真令人懷念。

這裡是東京的老街。我在這座城市出生長大。上了高中後，我開始會跑到新宿或澀谷玩樂，所以國中時代是我最常來這條商店街的時候。記得以前社團結束後，我跟朋友在回家的路上都會繞到鮮肉店，買八十圓的可樂餅吃。

大家會用猜拳來決定誰負責對老闆說：「請幫我們加醬汁。」我很會猜拳，所以從來沒開口說過「請幫我們加醬汁」。

這樣想想，我最在行的好像頂多也只有猜拳而已，成績馬馬虎虎，外表是連馬虎都不到。沒什麼特別的興趣，常常隨著流行改變喜好，又很容易厭膩，幾乎每一樣都撐不過三年。我覺得自己是個無趣的人。無趣的人大概也只能過著毫無意思的人生吧。

如果可以靠猜拳來選擇時代，靠猜拳來找工作，靠猜拳來結婚的話，我一定能夠成為瑪麗・安東妮特皇后（Marie Antoinette, 1755-1793）。

小學的時候，班上在傳閱一套叫《凡爾賽玫瑰》的少女漫畫，女孩子們都很嚮往瑪麗皇后。雖然男孩子都笑說「蠢死了！最後還不是被砍頭」，可是女孩子根本就不在乎人生最後是怎麼死去的。

少女是愛作夢的歐巴桑，從來沒有想過二十歲以後的人生。

「柿沼奈美？欸，妳是柿沼吧？」

突然有人叫住我。回過頭一望，鮮肉店裡有位胖胖的女子在對我揮手。走近一看，她的眼睛看起來很熟悉。

「麻由子？難不成，妳是田中麻由子？」

「是啊，我跟妳一樣是網球社的。」

田中麻由子。她胖了，完全變成一個歐巴桑了。我們互相問候「好久不見」、「過得好嗎」，共享著重逢的喜悅。

「以前大家常常會繞過來買可樂餅吃呢。沒想到麻由子現在竟然在這裡兼差，真是嚇我一跳。」

「我不是在兼差啦。其實我啊，跟店裡的老二結婚了。」

結婚？

我記得鮮肉店裡有三個男孩子，大家都長得胖胖的，女孩子會在背後偷偷喊他們是肉丸三兄弟。麻由子也是其中一個。

「店裡的老大比較會讀書，念完大學後，現在在當學校老師呢。我跟老二是讀同一間高中，就在孽緣的安排下結婚啦。」

「所以妳現在是山岡鮮肉店的老闆娘囉？」

「是啊。」

偷看一下店裡，有一位正在切肉的白衣男子。他身上沒有絲毫肉丸的影子，手臂緊實，面容也眉清目秀，是個十足的帥哥。

「就是那個人？」

「嗯。」

時間簡直就像魔法師一樣。能把少女變成歐巴桑，讓小胖子變成好青年。麻由子盯著一臉震驚的我說：「我聽說奈美大學畢業後就馬上結婚了。」

「嗯。」

「奈美的媽媽很得意哦。我記得對方是個菁英分子吧？」

我不曉得該怎麼回答才好。菁英分子的定義是什麼？大學畢業後進入企業工作？我覺得這是件稀鬆平常的事情。

「妳現在是住在六本木吧？我聽說是間大樓公寓呢。」

哎呀呀，看來媽媽逢人就吹噓啊。唉，不過我也沒資格罵她就是了。因為當初得意洋洋說出口的人就是我自己。

「看得到東京鐵塔哦。」我試著說。

「從家裡嗎？」

「對啊。」

「好像在拍日劇一樣呢，好好哦。」

那是良介父親名下的公寓。在住進去之前，我們兩人還開心地在聊說看得到東京鐵塔。之後我們不曉得已經一邊看著東京鐵塔，吃過多少次早餐和晚餐了。良介說他喜歡夜晚的東京鐵塔，而我則是喜歡白天的東京鐵塔。籠罩在朝霧中的東京鐵塔顯露著樸實的一面，告訴我這不是夢，是日常的生活。

這麼說起來，我最近都忘記東京鐵塔的存在了。要是在最後有仔細地看看它就好了。

麻由子嘟著嘴說道：「我們這裡啊，雖然離晴空塔很近，可是從家裡根本看不到啊。」

「是這樣嗎？」

「住得比較遠的親戚都說，從他們家裡就看得到晴空塔了。我們住得這麼近卻看不到，感覺還真是虧大了呢。」

麻由子這麼說著，把可樂餅裝進白色袋子，遞給了我。

「吃一個吧。」

「幫我加醬汁。」我一說完，麻由子便呵呵地笑著，幫我淋上了醬汁。

我接過手咬了一口。芬芳的油香，濃郁的醬汁香氣。「就是這個味。」我不禁脫口說出坦率的感想。

麻由子說：「妳知道嗎？其實以前我是故意猜拳猜輸的。」

「咦？」

「我因為想要說那句『幫我們加醬汁』，才故意猜輸的。」

我嚇了一跳。這是怎麼回事？

麻由子一邊注意著身後，一邊壓低了聲音。

「其實那時候啊，店裡的老大都會來幫忙，我當時因為還滿喜歡他的，就一直想要跟他說說話。要猜輸很簡單啊，只要稍微出慢一點就好了。」

「我都沒有發現。」

「結果我好不容易猜輸了，竟然剛好是老二幫我加醬汁，讓我沮喪透了，結果沒想到最後就嫁給老二啦。」
不曉得身穿白衣的帥哥老公有沒有聽到，只見他一股腦地在切肉。麻由子年幼的戀愛，也只是往昔回憶了。
「妳幸福嗎？」我試問她。
「還好啦，不就是這麼一回事嗎？」麻由子說。
「我回來了！」一個背著書包的小男孩走進店裡。看起來大概是小學二年級左右吧。
「妳兒子？」
「嗯，下面還有兩個小的。」
麻由子轉過頭大喊：「記得先去洗手哦。」她已經完全是個孩子的媽了。
「那奈美呢？」聽到她這麼問，我忽地看見了現實，心情頓時涼下來。這時正好有客人上門，麻由子就沒有繼續問下去了。
我啃著可樂餅走在商店街上。原本還以為自己只擅長猜拳，這樣啊，原來是這麼一回事啊。身體比剛才暖和多了。可樂餅的能量還真是厲害。

差不多該去和菓子店買醬油丸子了。就在我這麼想的時候，眼簾中出現了「SATOU」的文字，是寫在藍染布上的白字。

是寄物商！

跟記憶裡一模一樣的寄物商！

原來真的有這家店啊。嚇死我了！我還以為那是小時候夢到的怪夢。記得光顧這家店的時候，我才十歲。來這裡寄過物，然後又來領回去。我曾經鑽過這裡的門簾兩次，只是之後就再也沒有來過了。我讀國中時都會在社團活動後繞到鮮肉店，當時應該經過這裡好幾次才對，可是我卻沒有任何印象。

所謂的寄物商，是不是在幸福的時候就看不到啊？

門簾靜靜地掛在門口，藍色依舊鮮豔，沒有褪色的痕跡。其他店家多少都有些改變，但只有這裡像是沒有經歷過歲月一樣，真是奇妙。

當時我才十歲，所以是十七年前的事了。店裡有個年輕的老闆，是個姿態優雅的美男子。他現在應該已經是個大叔了。要是他都沒變的話，那就恐怖了。就好像穿過了時光隧道一樣。

我像是在偷看驚喜箱一樣，悄悄地從門簾的空隙中窺探店內。看到了、看到了。對對對，那個玻璃櫃真讓人懷念。裡面有和室和坐墊，還有擺鐘。不過看起來果然還是有些不一樣，原本空蕩蕩的玻璃櫃裡，放了一個老舊的音樂盒。我以前沒有看過那個。

記得空蕩的玻璃櫃總是被擦得亮晶晶，在晨光的照耀下看起來十分美麗。

有名男子坐在和室房裡讀著書。

是那時候的老闆嗎？

是個年輕男子。年紀看起來就跟當時的老闆一樣。頭髮呈淡褐色，大概是太捲翹的關係，髮絲蓬鬆雜亂，就像玉米鬚一樣。我印象中的老闆是黑色短髮，而且感覺更乾淨清秀才對。

啊，男子注意到我了。眼神四目相接。他果然不是老闆。因為老闆的眼睛看不到，視線不可能會對上才對。

這就是現實。世界上才沒有時光隧道。

「歡迎光臨。」男子說。

他睜開那雙宛如橡實一般的眼睛。

我就像是被逮到一樣，鑽過了門簾。因為沒有要寄物，我就四處看了看。相隔十七年再走進這家店，才驚覺這裡竟然這麼狹小。當初看起來有五坪左右大的和室房，其實只有約略三坪大，玻璃櫃也感覺比以前小了一輪。

男子看了看我的行李說：「要寄物嗎？」

真奇怪！寄物商竟然主動問客人「要寄物嗎」，就像乾洗店也不會問客人「要乾洗嗎」吧。

「你是店員嗎？」我問。

對方說：「我是來幫忙看店的。」

「不過我知道寄物的規矩。寄放一天一百圓。我會負起責任幫客人寄物，再轉交給老闆。」

「沒關係，我下次再來。」

「老闆不知道什麼時候才會回來哦。」

就算他這麼說，我也沒有要寄物。出去吧。就在我伸手掀起門簾時，我忽地想起一件事。就是放在波士頓包裡的「那封信」。頓時間，我這麼心想。如果把那樣東西寄放在這間店，說不定能夠讓情況好轉。就像十七年前一樣。

此時男子突然大喊一聲。

「社長！」

我嚇得回過頭，沒看到其他人。有個白色物體橫越我的腳邊，跳上和室房。是一隻白貓。男子露出安心的笑容說道：「你去哪裡了啊。不要害我操心嘛。」

白貓彷彿像是在回答一樣，發出喵嗚的叫聲。不曉得是不是因為上了年紀，白貓的面容看起來怒氣沖沖。

「這小傢伙的名字叫社長。」

「社長？」真怪的名字。

「別站在那裡了，要不要進來坐坐？行李可以放在這裡。」

我照他說的把波士頓包擱在和室房，坐在一旁。

「坐在那裡不好說話。妳就脫鞋坐進來吧。」

「可是我……」

男子遞出坐墊說：「這個工作真的很無聊耶。又沒什麼客人，光是等人上門就累死我了。妳就上來陪我聊聊天嘛。」

看著在坐墊前猶豫不決的我，「妳是要寄放這個嗎？」他指指蛋糕盒問。

「如果是要寄放這個的話，希望妳不要再來領回去了。」

聽到男子的玩笑，我終於忍不住「呵呵呵」地笑出來。我已經很久沒像這樣笑出聲音了。

我脫下鞋，坐上坐墊。我回想起了十七年前的事。記得當時我就是這樣坐在這裡，恭恭敬敬地從書包抽出「紙」，交給老闆。

不知道什麼時候，社長已經坐在男子的膝上。男子撫摸著社長的後背說：「老闆告訴我，這小傢伙也是客人寄放的。」

社長一臉舒服地閉上了眼。

「所以社長也有寄物期限嗎？不過既然是社長，應該說是任期嗎？」

「老闆似乎跟那位客人語言不通，所以他說無法向對方索取費用，也沒有寄放的期限。」

我的天啊，簡直就像童話故事一樣。

「請問老闆去哪裡了？」我問。只見男子聳聳肩，擺出不知道的模樣。

「好像是要去參加法會。我不清楚地點在哪裡就是了。」他說。

「你從什麼時候開始過來看店的？」

「從昨天開始。大概是昨天傍晚五點多吧，我本來打算來寄物，結果就待在這裡了。」

男子看著手錶答道。那是一只看起來很老氣的手錶。

「你也是客人嗎？」

「是啊，是這樣沒錯啦。我來的時候，剛好老闆準備要外出。他注意到我之後，就說：『不好意思，今天沒有營業。』因為他穿著喪服，所以我猜他是要去參加法會，想說應該不會去太久，我就說我可以在這邊等他回來。接著老闆就問我是笹本剛先生吧，在我佩服他真的能靠聲音辨人的時候，老闆把鑰匙交給我，拜託我照顧社長，然後就離開了。」

「原來是這樣啊。」

「妳是第一次來嗎？還是常客？」

「我在十歲的時候有來寄物過一次，只有寄放一個禮拜而已。笹本先生是常客嗎？」

「我大概四年會來一次吧。跟奧運的周期一樣。是四年一次的糾葛啊。」

真是個怪人。大概是我把心聲都寫在臉上的關係，笹本露出有些不好意思的表情。接著他就像是在找藉口似地說起自己的故事。

「我第一次來到這裡，是我讀國中的時候。有人託我寄放一個很重的包包。我想想喔，應該是十七年前了吧。」

跟我是同一個時期來的。

「有個不認識的女人在路上叫住我，要我幫她帶這個包包去某家店，還給我一枚一百圓，我就照她說的走進這家店。那時候我才第一次知道還有這種叫做寄物商的生意。」

「包包裡面裝了什麼啊？」

「天曉得，我只是幫忙拿進來而已。」

「感覺好像貨運員喔。」

「就是說啊，我自己也是這麼覺得。國中年紀的男孩子最愛這種刺激感了。所以我原本還抱著驚心動魄的心情接下委託，結果這家店裡卻只有一個溫柔的大哥哥，真是有夠掃興的啦。現在仔細想想，我連託運費都沒拿到，簡直就像是小孩子在幫忙跑腿。」

沒錯沒錯，老闆看起來就是一個溫柔的大哥哥。

早上上學前，我跑到這裡寄完物準備離開時，他還對我說「路上小心」。我當時一面說著「我走了」，一面心想「好久沒這樣打招呼了」。因為我家在那個時候，出門跟回家時都不會有人開口打聲招呼，也不會道早安跟晚安，充斥著緊張不安，就連呼吸都要小心翼翼，氣氛一片凝重。

「笹本先生來這裡寄放過什麼嗎？」

「我第一次來寄物是我高一的時候，我來寄放了單車。」

這麼說完，笹本頓時沉默了下來。過了不久，他說：「那是一輛很重要的單車，可是，最後我卻把它丟在這間店裡。」

接著他露出了害羞的笑容。

「在那之後，我雖然換過好幾輛單車，但是再也沒碰到跟那輛一樣棒的單車了。」

他的笑容轉眼即逝，轉變成平靜的表情，讓我難以開口問他為什麼要把單車丟在這裡。

「老闆有變很多嗎？」我問。

「跟以前差不多啊。」笹本說：「不過因為穿著喪服，看起來果然還是有點不一樣。」

「是參加親戚的喪禮嗎？」

「誰知道，可能是朋友的也說不定。」

他雖然來過不少次，但感覺跟老闆好像也不是很熟。

我似乎差不多該離開了。媽媽應該已經等不及了吧。

「我該走了。」

當我一站起身，笹本便說：「妳不寄物嗎？」

真是個熱心的代班。

他的熱心，讓我稍微動了心。看來我還是把那東西寄放在這裡看看吧。就像小時候一樣，或許會遇到什麼好事也說不定。可是，我不太敢交給這個男人。

「我想到一個好點子。」笹本說。

「要是給我保管，妳一定會很擔心吧？那我們來交換一下怎麼樣？我幫妳保管物品，然後相對的，妳也幫我保管東西。」

他在說什麼啊！這個人真的越來越怪了。

笹本抱著社長，把放在桌上的書遞給我，就是他剛剛在看的書，是本著名的兒童讀物。看起來很老舊，外盒都破損了。

「《小王子》？」

「妳有看過嗎？」

「有是有，不過是很久以前讀的，我已經不太記得了。」

我拿著《小王子》，猶豫了一會兒。其實，我根本沒讀過這本書。雖然我知道書名，也常常在圖書館看到，可是小時候我只愛看漫畫，對這種書一點興趣也沒有。像這種優良課外讀物，只要一想到是大人推薦的，就讓我覺得很討厭。

可是眼前這位跟我同世代的男子，卻是謹慎小心地帶著這本書，來到這家店裡寄放，就讓我好奇起這本書到底有什麼獨特魅力。我開始有一點，真的只有一點點，對這本書產生了興趣。要我翻來看看似乎也是無所謂。反正回到老家後我也沒事做。

我拉開波士頓包的拉鍊，把書放進去，然後從包包裡拿出信封交給男子。

「那麼，就拜託你把這個轉交給老闆了。我的名字是柿沼奈美。」
我報上了舊姓，就是我以前來這裡用的名字。
笹本說著「等一下」，在白紙上記下了「ㄕˋㄓㄠˇㄋㄞˋㄇㄟˇ」。
「請問要寄放幾天呢？」
對了，就跟那時候一樣好了。
「一個禮拜。」
這麼說完後，我正準備從錢包裡拿錢出來時，笹本說：「不用付錢了。那本書我也在妳那裡寄放一個禮拜。這樣兩邊剛好都是七百圓。」
我心想這樣不會太隨便嗎？不過在交出信封後，我的心情頓時放鬆許多，讓我覺得這樣就好了。
離開店裡時，笹本對我說：「一定要記得過來拿哦。」我雖然嘴巴上回他「那當然」，但是我完全沒有要遵守約定的意思。因為像這樣跨出一步後，我的心情變得輕鬆多了。就連波士頓包也開始越來越輕。
穿過商店街的時候，我心想，誰還要再回去店裡啊。

我不想再接近那封信封了。他寄放的舊書收起來就好。反正這是哪裡都有在賣的書。

這樣就好了。把一切通通忘掉吧。

母親炸的天婦羅剩下一大半。因為良介很會吃，所以母親每次都會大展廚藝，燒出一堆好菜。

吃完飯我站在廚房，和母親兩人一起收拾餐具。母親洗碗，我負責擦碗。老家的廚房地板很冰冷。公寓的房子很溫暖，可是木造的獨棟住宅卻很寒冷。

「對不起哦，忘記買醬油丸子回來了。」

「沒關係，沒關係。我們就分一點蛋糕給爸爸吃吧。」

「爸爸他不是不愛吃鮮奶油？」

「他戒菸之後，就變得稍微能吃一點點了啦。」

「是這樣嗎？」

「妳這個當女兒的還真是不了解父親耶。」
母親吃驚地笑了笑。她似乎很享受這段久違的母女時光。
碗盤都洗好了。在母親泡茶的時候，我挑了一塊鮮奶油比較少的蛋糕，供奉在佛壇前。母親端著紅茶瞄了瞄佛壇，卻什麼也沒說，開心地挑選著蛋糕吃了起來。
「記得以前有一次，爸爸跟媽媽吵架吵得很兇吧。」
聽到我的話，母親驚訝地看向我這裡。
「你們有一次吵得很厲害吧。」
「奈美，妳都知道嗎？」
「真的吵得很兇呢。那次是在吵什麼啊？」
「是在吵什麼啊？」
「那時候有好幾天，媽媽都是又哭又氣的吧。」
「是啊。」
「可是你們不是又突然間和好了嗎？」

母親托著腮，閉上眼睛試圖回想。過了一會兒她睜開雙眼，喃喃地說：

「當初我還以為我們已經不行了。」

「不行了？」

「雖然是到現在才說得出口的事，不過當時我甚至還準備好離婚協議書，把自己該填的地方都先寫好，連印章都蓋了。然後把離婚協議書放在客廳的桌上，想說等爸爸回來後就要他簽名。結果那天，妳爸卻沒有回家。」

「嗯。」

「到了隔天早上，怪事就發生啦，離婚協議書竟然不翼而飛了。」

「是哦。」

「我猜妳爸八成是在半夜偷偷回到家，一看到那張紙後，又震驚到跑出去了吧。我還擔心到打電話去公司，結果他卻說他沒看到什麼紙。我想他一定是把它給丟了吧。那時候我就心想，原來這個人並不想跟我離婚，心情一下子就舒坦多了。我就跟他說『今天晚上吃關東煮』。結果妳爸爸啊，就買了媽媽最愛吃的蛋糕回來了。」

「就這樣和好了嗎？」

母親一時望著佛壇許久。接著她就像是打算結束話題似地這麼說：「所謂的夫妻，就是會為一點小事吵架，再因為小小的契機和好如初啊。」

吃完一塊蛋糕後，擺鐘發出了十下聲響。

「妳差不多該走了吧？」母親問。

「今天我要住在這裡。」

「你們兩個，發生什麼事了嗎？」

「所謂的夫妻，不就是會為了一點小事吵架嗎？」

結果母親笑了笑，開始吃起第二塊蛋糕。

接下來便是一段詭異的沉默。

母親大概是在等我。等我自己主動說出口，等我說出爭吵的微小原因，或是對生活的渺小不滿，還有個性不合的瑣碎抱怨。我想母親的任務，就是要來問出這些答案。

我從來沒對母親抱怨過婚姻生活。無論是對良介還是公寓，我都沒有特別對哪裡感到不滿。當然這並不代表生活百分之百都是快樂。今年，良介的公司沒有發年終獎金，我們不但沒辦法出門旅行，就連我的要派公司也倒閉，下一份工作都還沒有著落。而且，我想要生小孩。雖然一直沒有成功，總有一天我還是會生；要是真的生不出來，那也只能算了。

之前鮮肉店的麻由子說過：「還好啦，不就是這麼一回事嗎？」的確如此。我別無奢求，所以也沒什麼好失去的。

母親喝著紅茶。就是現在，趁現在說出那件難以啟齒的事吧。

「良介說，他有小孩了。」

母親露出驚訝的表情看著我。想必這一定出乎她的意料吧。

「那是什麼意思？」

「就是字面上的意思啊。」

「妳說良介的小孩……是跟誰的小孩？」

「不知道。良介說他要認那個小孩，想成為孩子的父親。」

母親不知所措地一句話也說不出口，一時之間直盯著我的臉看，然後突然轉頭看向廚房。廚房裡放著推成山的天婦羅。之後母親露出尷尬的表情，視線避開了我。氣氛一下子變得好凝重，沉重難受。

我以開玩笑地口吻說：「不過我今天施了法術，說不定事情會出現轉機。」

「法術？」

「就像媽媽當時吵架的時候，也是因為我的法術才和好的啊。」

「奈美，妳在說什麼啊？妳還好吧？」

「反正小孩子又還沒生下來。到時候可能不會順利出生也說不定啊。」

母親一臉震驚地看著我，彷彿像看到什麼怪物一樣。我是這麼討人厭的傢伙嗎？我都已經這麼痛苦了，還得要繼續擺出乖小孩的模樣嗎？

「我要睡了。」

我抱著波士頓包走進自己的房間。

房間擺設跟結婚前一模一樣，書桌跟床都還在。英文字典上積了厚厚的一層灰。小時候我很滿意這個房間，但現在我可不想再住在這裡。窗簾是土氣的花朵圖案，床單也是落伍的格紋。這間房間實在太小孩子氣了。

最重要的是，看不到東京鐵塔。

我換好睡衣爬上床，關上房間的燈試圖閉上眼睛。

明明一片漆黑又安靜，我卻完全睡不著。只好不得已地打開包包，拿出《小王子》，點亮了日光燈。從外盒中一拿出書，就看到封底一角貼了張舊貼紙，上面的字雖然已經模糊不清，但還是看得出這是某間圖書館的藏書。

我已經好久沒躺在床上看書了。這樣就好像回到了童年時光一樣。

隨著怪異插圖展開的故事，出乎意料地富含哲學，並非幼稚的童話故事，讓我不禁越看越入迷。當我發現這不是給小孩子閱讀的書籍時，看到了一句「真不想在睡前讀這本書」，嚇了我一大跳。此時電話突然響起。

聲音是來自我的智慧型手機。不是良介打來的。是沒看過的電話號碼。我戰戰兢兢地接起電話，對方報上了名：「我是笹本。」

是在寄物商看店的男子。

「你怎麼知道我的電話號碼？」我問。

對方回答：「信封裡面的那張紙有寫。」

我的火氣全上來了。

「那封信是我寄放在店裡的。沒想到你竟然打開來看，這樣是違反規定吧？」

「對不起，我是逼不得已。我現在需要那本《小王子》。」

我望向翻開在手中的書。

「妳現在可以拿來還給我嗎？」笹本說。

「現在？」

我看了看手錶。已經十一點了。

「如果妳可以告訴我妳家的地址，我會自己過去拿。」

除了電話號碼，我可不想連老家的地址都被陌生男子知道。啊啊，我怎麼會搞出這種大烏龍啊。都是因為那間令人懷念的寄物商，讓我不小心失去戒心。

我氣得掛斷了電話。掛掉電話後我才想到，我必須要拿回那封信封。我不能把那東西放在那種男人身上。現在別再想什麼悖離現實的法術了，要趕快把信封拿回來才行。

我下定決心打了電話，笹本立刻就接起。

「這樣一定會讓妳覺得不舒服吧。我能理解。可是我並不是什麼大壞蛋。雖然我也不是沒做過壞事，有時候也會不小心犯錯，但我不是那種會傷害女性的人物。我絕對不會把信封裡的內容說出去。我現在還沒交給老闆，如果需要的話我可以拿去還妳。」

「請你還給我。」

「那我們就交換回來吧。我馬上拿過去。」

「約個地方見吧。地點就約在明日町公園，你知道在哪裡嗎？」

「我知道。明日町公園見。」

我下了床，急急忙忙地換了衣服。心情越來越煩躁了。好不容易才跟信封一刀兩斷，結果沒過幾小時又要回到我手上。

就在我打算出門前跟母親報備一聲時，她似乎正在黑暗的廚房裡處理什麼事。我悄悄探看，發現母親一邊碎碎念，一邊把大量的天婦羅一塊塊拿在手上，使勁地扔進垃圾袋。雖然我看不見她的表情，但是她的背影散發著毛骨悚然的氣息。

她在生氣。是在生良介的氣嗎？還是在氣整件事的情況？

不可思議的是，我的心裡沒有任何憤怒，只是覺得很痛苦而已。所以才會假裝沒這一回事。就只是這樣而已。話雖如此，母親的這股怒氣，讓我稍微變得堅強許多，心裡面溫暖多了。

我沒有向母親打聲招呼就出門了。

外面又黑又冷。為了禦寒我跑了起來，身體越跑越暖和。

笹本已經先到了公園，正悠哉地坐在鞦韆上望著天空。我跟著他的視線抬頭一望，星星好美。白天雖然是陰天，現在卻一朵雲也沒有。

笹本注意到我後，下了鞦韆，一臉不可思議地把信封遞給我。我接過信封打開看了看裡面。那張紙還在，還好端端地放在裡頭。

「妳要離婚嗎？」
「這不關你的事吧？」
「妳為什麼要寄放離婚協議書？」
「寄物商可以問客人這種事情嗎？」
「我又不是寄物商，我只是幫忙看店而已。」
笹本的眼睛睜得圓圓的，簡直就像個小孩一樣。他明明是個陌生人，又不懂得遵守規定，但我卻覺得他似乎有著老實的一面，讓人難以憎恨。
「那是法術啦。」我試著說。
「法術？」
「只要把離婚協議書寄放在那間店，最後就不會離婚了。」
「是這樣子的嗎？」
「因為被施了魔法，一切又會恢復原狀哦。」我說，然後把書遞給了他。
「那麼你自己呢？寄放這本書又會有什麼好處嗎？」
笹本接下書，露出了安心的表情。他道了聲「謝謝」後，便打算轉身離去。他看起來好像很急的樣子。

在來這裡之前，我本來還對他充滿戒心，擔心他會對我做出什麼危險的事情，沒想到他竟然這麼爽快地轉頭就走，真是沒趣。

「為什麼你要拿回這本書？」

聽到我的問題，笹本停下腳步回過頭。他嚴肅地看著我說：「因為這是很重要的寶貝。」可是這並不能作為答案。

「既然是重要的寶貝，為什麼要寄放在我這裡？」

「我覺得這樣說不定能拯救妳。」

「拯救我？為什麼你覺得我需要拯救？」

「因為會來那家店的人都是這樣啊。」笹本一臉理所當然地說道。

他說的是事實，我無話可說。

「我常常一不小心就會做錯事。雖然我忍不住把書交給了妳，但是之後我才發現這是很重要的東西，不能交給其他人。」

這麼說完，笹本再度抬頭望著天空，「不曉得在那些星星之中，有沒有小王子的星球。」他說。

我看看天空，滿天都是星星。可是我還沒讀完書，不曉得該怎麼回答。

「妳看得見羊嗎？」笹本問。

故事裡好像有出現羊的樣子。

「我有近視，所以我看不見。」我向他解釋。

「那只手錶是你自己選的嗎？」我問。

笹本看看手錶說：「這是父親的遺物，很不適合我吧。」

聽到他這麼說，我回答：「沒有這回事啦。」

「明天去寄物商那裡就能見到老闆了，希望妳的法術會成功。」

笹本這麼說完後便轉身離去，身影漸漸消失。

無意間，我突然覺得他好像某個人。到底是誰啊？我們以前曾在哪裡見過面嗎？我想不起來。

我懷著喉嚨鯁著異物的心情回到家。

我在早上七點起床。母親已經站在廚房裡了。

母親說著「早安」，幫我添了碗暖和的味噌湯和白飯。我已經很久沒和母親一起吃早餐了。她的和藹表情，讓人完全聯想不到昨晚殺氣騰騰的模樣。

吃飽飯，我說要散散步便出門了。母親說外面很冷，便把大衣借給我穿。一穿上充滿母親氣息的大衣，讓我越來越覺得自己回到了小時候。

走了一段路後我才發現到，原來樹葉已經開始紅了。許多昨天沒看到的光景，我在今天都注意到了。不曉得明天會不會又看到不同的景色？

抵達了明日町金平糖商店街，還有很多商家都是鐵門深鎖。在這其中，寫著「SATOU」的門簾已經掛了起來。

一鑽過門簾，老闆馬上就發現了我，對我說「歡迎光臨」。老闆的模樣跟十七年前一模一樣。

他留著乾淨清爽、造型俐落的黑髮。雖然其中夾雜了一些白髮，不過看起來還是很年輕。矮桌上也跟以前一樣，攤開著一本厚重的點字書。

「早安。」我說，然後登上了和室房，跟昨天一樣坐上客用坐墊。

緊接著我立刻嚇了一跳。玻璃櫃中放著《小王子》。那本書小心翼翼地擺放在音樂盒的旁邊。

笹本已經先來過一趟，寄放了這本書啊。他明明就說這是「重要的寶貝」。

老闆說：「好久不見了呢。」

我大吃一驚。

「你知道我是誰嗎？」

「是柿沼奈美小姐吧？」

「你是聽笹本先生說的嗎？」

「笹本？」老闆一臉訝異。

「就是昨天在這裡幫忙看店的笹本先生。」

老闆皺起眉頭一語不發。他一臉納悶，似乎是在思考著什麼事情的樣子。我開始害怕起來。

「就是那位啊，來寄放《小王子》的那個人。」我指了指那本書。我早就知道老闆的眼睛看不到，但我還是伸出了手指。

老闆打開玻璃櫃，拿出了《小王子》，接著說道：「這是我的書。」

「以前原本是客人寄放的物品，但是因為過了寄物期限，客人還是沒有來領回，現在就成了我的東西。」

這是怎麼回事？我已經被搞得一團糊塗了。

「寄放這本書的客人，是留著褐色頭髮的男人嗎？」我試問，但很快就發現就算提到髮色，老闆也不可能知道是誰。

老闆說：

「寄放這本書的客人是位女性。本店的確有位叫做笹本的男客人，可是最近沒有來過。」

「那麼，為什麼你會知道我的名字？」

老闆露出困惑的表情說：「因為妳十七年前就光臨過本店了不是嗎？」

「你還記得嗎？」

「聽聲音就知道了。我還記得妳書包上的鈴鐺聲呢。」
「已經是十七年前的事了耶。你還記得我寄放了什麼東西嗎？」
「我記得是一張薄薄的紙，不過我的眼睛看不到，我不曉得上面寫了些什麼。」
「那個是……」
我把話又吞了回去。我已經不曉得自己要說什麼了。
老闆的態度很冷靜。
「本店是寄物商。不會對寄放的物品做出任何事。本店只是一心一意地在保管物品而已。」
一隻白貓從屋內現身，爬上老闆的膝上。
「社長？」聽到我這麼喊，老闆說：「沒想到妳竟然知道他的名字。」
「我昨天就來過這裡了。」
「本店連休兩天沒有營業。」
「是去參加法會嗎？」我問，老闆一臉詫異地說：「是的。」

「你有拜託誰來看店嗎？」

「沒有。」

我嚇得不知所措。心想著要冷靜下來。我就像是在對自己再三確認一樣，向老闆說明了昨天發生在這裡的經過。

「我昨天來的時候，店裡有開門。有個叫笹本的男子在看店，我還寄放了一封信給他。」

老闆靜靜地聽著我說。

「作為交換，他也在我這裡寄放了一樣東西。就是那本《小王子》。」

老闆把《小王子》從外盒中拿出來，打開翻了翻，溫柔地撫摸著。他用掌心檢查了好幾遍，似乎在確認是這本書沒錯。我看手的姿勢就能知道，這似乎是非常重要的物品。

我想起昨天與笹本之間的對話——

「為什麼你要來拿回這本書？」「因為那是重要的寶貝。」

那本書不是他的重要寶貝，而是老闆的才對吧。

「那天晚上，他打了通電話給我，說他想要拿回這本書，我就拿去還給了他，然後把我的信換了回來。其實那本書不是他的，而是你的才對吧。」

老闆點點頭。

我不禁擔心起來。

「那個人可能是小偷也說不定。假裝是在看店，但其實是在物色店裡的東西，對，肯定是這樣沒錯。店裡有掉什麼東西嗎？」

「沒有。」

「你有仔細看過了嗎？」說完後，我才發現自己說了一句很失禮的話。

但是老闆沒有露出絲毫受傷的模樣，微笑著說道：「我雖然看不到，但是我都檢查過了。因為這家店存放著堆積如山的重要物品啊。我每次出門的時候，都會好好鎖上大門，可是前天因為太匆忙，一不小心就忘了關後頭的窗戶。不過別擔心，店裡一樣東西都沒少。而且就算真的有人溜進店裡，他也沒辦法偷東西。」

我試著想像起屋內的模樣。建築老舊，充滿古早味的狹小民宅，完全看不出有任何萬全的防盜措施。難不成其實在裡面，有一道只會對老闆聲音有反應的秘門，而門的後面，就是寄放物品的國度嗎？

想當然，不可能會有這種事。

「這家店曾經遭過小偷嗎？」

「或許曾有小偷跑進來過也說不定。」

「咦？」

「可是店裡從來沒少過任何一樣東西哦。」

我看了老闆手中的那本《小王子》。我默默在心裡嘀咕：「那本書昨天晚上就放在我家啊。」不曉得老闆是不是接收到了這些話，只見他翻開書頁秀給我看，「看，我寶貝的書現在就在我手上啊。」他說。

我依然無法釋懷，不死心地問：「你是什麼時候回來的？」

「晚上很晚的時候。」

「那個人是在深夜裡跑來找我拿回這本書。他會不會是知道老闆回來了，怕你發現少了東西，才急急忙忙來拿回這本書？」

老闆一時沉默不語。社長離開他的膝上打了個大呵欠，蜷著身子又伸了伸懶腰。

老闆緩緩地說：「要不要換個方向來思考看看？說不定他是想要把妳寄放的物品還給妳。那本書或許只是個藉口而已吧。」

「這是什麼意思？」

「笹本先生可能覺得，妳寄放的那樣物品，妳應該要帶在自己身邊才對。」

「……」

「要不要寄放，或者是拿來寄放後該不該領回去。這些都應該由物主自己來判斷，可是一旦曉得了寄放的內容物，就會不小心做出多餘的舉動。」

老闆這麼說著，再度摸了摸窩回他膝上的社長後背。

「因為我看不到，才有辦法和寄放的物品保持距離。或許也多虧如此，我才能繼續這份工作吧。」

老闆抱著社長，他的身影與笹本相互重疊。那時候的社長跟現在一樣，安心地在被抱在笹本懷裡。

「今天有要寄物嗎？」老闆說。

我把手伸進媽媽借我穿的大衣口袋裡。裡面放著信封。我今天就是為了寄物才來到這裡。

為了消除迷惘的心情，我環視了店內。接著我試著說道：「好棒的玻璃櫃哦。」

老闆一臉開心地說：「這還是第一次有人稱讚玻璃櫃呢。」

我想起過去的回憶。

「小時候來這裡，我就覺得光線穿透過玻璃櫃的模樣漂亮極了。不過像這樣把音樂盒放在裡面，該說是沉穩嗎？我覺得現在看起來比之前舒服多了。感覺就像是……」

「感覺就像是？」

「就像每樣東西都安居在自己的歸處一樣。」

脫口說出這些話後，我突然寂寞了起來。因為現在的我，沒有自己的歸處。

老闆說：「妳要看看音樂盒嗎？」

「可以嗎？」

老闆輕輕地把社長放在榻榻米，從玻璃櫃裡拿出音樂盒，用他美麗修長的手指轉緊了發條。接著他把音樂盒擱在榻榻米上，用手示意我掀開盒蓋。

那是一個點綴著華麗裝飾的音樂盒。我緩緩掀開有些沉重的盒蓋。盒中立刻開始響起令人懷念又感傷的音樂。

那是惹人憐愛，像光芒一般的音色。社長似乎十分喜歡這首曲子，只見牠露出肚子發出咕嚕咕嚕的聲響。

「真是首好曲子。」我說。

老闆緊接著說：「這是夢幻曲，是舒曼的曲子。」

曲子雖美，可是因為是音樂盒的關係，樂聲一下子就結束了。儘管聽的時候很幸福，但最後卻會留下一抹寂寞。如果我還是少女的話或許不會在意，不過我現在也已經二十七歲了。最後的寂寞感更是刻骨銘心。

「這也是超過寄物期限的物品嗎？」

「不，這目前還在寄放期限內，距離期限還有很長一段時間。聽說這東西其實非常值錢，所以如果真有小偷闖進來，我想他一定會率先偷走這個。在這家店裡，沒有比這個還要更值錢的東西了。」

老闆寶貝地將音樂盒收回玻璃櫃。

我昨天偷窺店裡的時候，笹本正在讀著《小王子》，音樂盒就放在玻璃櫃裡。

老闆說：「笹本先生是店裡的客人。他大概是偷偷來幫我看店吧。」

社長就像在同聲附和，喵嗚地叫了一聲。

我不經意地這麼想著。該不會笹本原本是打算來寄放那只手錶吧？不過他可能改變了心意，決定要繼續留著用也說不定。他會不會已經從這家店畢業了呢？

我說著「我下次再來」，站起了身子。鑽過門簾的時候，我聽到老闆說了那句「路上小心」。

這句「路上小心」擁有一股力量。我覺得自己彷彿像是被推了一把。我一步步向前邁進，靠著這雙腳走到區公所，交出離婚協議書。上面沒有漏掉任何一處，印章也著實地壓印在上面，完美無缺。

身體變得好輕盈，全身輕飄飄的。

我在回去的路上繞到站前書店，買下了《小王子》。然後走進咖啡廳，讀起接下來的故事。我在享用完三杯咖啡和一根熱狗後讀完了全書。

走出咖啡廳時，已經是傍晚時分。我繞到了明日町公園看看。鞦韆和砂場，還有單槓跟溜滑梯都被夕陽染了色。記得笹本好像在這裡說了什麼小王子的星球，還有看見羊的事情。

現在的我都明白了。

在故事當中，狐狸告訴小王子「真正重要的東西，眼睛是看不到的」。

因為寄物商的眼睛看不到，所以才會盡是看見重要的東西吧？我雖然也想擁有一雙心眼，但我卻只看得到橘色的鞦韆和砂場，還有單槓跟溜滑梯，根本看不見小王子也看不見羊。

我心想著自己大概只能看見「實物」，望著剛剛讀完的《小王子》封面。

我在心裡「啊」了一聲。

對耶，那個叫笹本的男子，長得就像插圖上的小王子啊！宛如玉米鬚的褐色頭髮，如同橡實一般的雙眼。真的一模一樣。

我開始覺得不太對勁，抬頭望了望天空。我頓時嚇了一跳。我看見晴空塔了！

以前明明怎麼找都看不到，現在卻突然之間現身了。難不成，這就是所謂重要的東西嗎？

怎麼可能。這可是眼睛就看得見的實物。

晴空塔比想像中還巨大，還要更強而有力。我開始覺得這座城市在歡迎我的到來，在對我說：「歡迎回家。」

眼睛就看得見的實物，其實也挺不賴的。我打算去找鮮肉店的麻由子，告訴她這座公園就看得到晴空塔呢。

老闆的戀愛

陽光從玻璃門照射進來。

沐浴在太陽光下的坐墊變得蓬鬆軟綿。我坐在飽滿的坐墊上，全身蜷成一團。只要這樣做就會特別舒服哦。

今天是五月的午後。

這裡是位於一條叫做明日町金平糖商店街一端的小店。也就是我的家哦。其實這張放在和室裡的坐墊，是專門給客人坐的。

真有罪惡感啊。因為只要有客人進來，我不是就得要離開嗎？毫不知情的客人坐上那張坐墊後，我留在上面的毛就會通通沾到他們身上。我的白毛可是特別纏人的跟蹤狂類型，會黏著上班族的西裝不放，會緊跟著大嬸的襪子不走，當他們離開店裡走在商店街的時候，大家都會一目了然，「喂，你看，那個人剛剛去了寄物商那裡。」

但即便如此，基本上不會有人上前提醒「你沾到貓毛了哦」，客人們就會以這身模樣搭乘電車或公車，將我的毛帶到其他土地上。

這是場旅行啊。

光是想像就讓我興奮難耐。

我出生在金平糖商店街，在金平糖商店街長大。我當然從來沒有出門旅行過，更何況貓咪對勢力範圍十分敏感，不是喜歡旅行的生物。我的勢力範圍是商店街的前頭到後尾。儘管這對貓咪來說已經夠大了，不過我的心裡還是懷著些許好奇心，一直都想要試一次看看。沒錯，就是旅行。雖然我這輩子大概都不會離開這條商店街半步，但是一想到至少自己的毛還能出門旅行，就夠我開心了。

擺鐘發出了三下聲響，老闆從屋內房間走了出來。是下午開店的時間了。

老闆伸出他纖細美麗的手，掛起藍色的門簾。門簾纏上了他的手腕，老闆細心地撥開簾布。

老闆他毫不知情。老闆不曉得那面門簾其實懷著一顆女人心，甚至還愛上了他。擺在入口處的玻璃櫃有顆男人心，他總是擺出高高在上的態度在看著老闆。

就像生物有分性別一樣，其實物品也有性別之分。想當然地，身為貓的我也有性別。

老闆很擅長應付數字，也擁有超群的記憶力。他明明這麼聰明，卻還是有點少根筋，根本沒發現我其實是個女孩子。所以他才會幫我取名為「社長」，這種像極了糟老頭的名字。這個社會上好像也有很多女社長的樣子。不過，如果不特別稱呼對方為女社長，光說社長二字，都會讓人聯想到男生嘛。我不喜歡這個像男人的名字。於是我幫自己取了個名字。

水波蛋。聽起來很棒吧。

在我自己的心裡，這才是我的本名，老闆取的名字則是綽號。說到我為什麼要取水波蛋這個名字，是因為從老闆跟相澤之間的對話，我明白了以下幾件事：

老闆喜歡吃水波蛋。

老闆很擅長做水波蛋。

水波蛋又白又軟嫩。

得到這三項資訊後，我才決定了自己的名字。聽起來很有女人味，我非常滿意。

我說的那位相澤，是在做點字義工的阿姨。會在這家店出入的人，除了客人之外，差不多也就只有相澤跟區公所福祉課的大叔了。相澤前陣子因為眼睛不舒服，暫時放下了義工的工作。不過就在之後，她似乎已經完全治好眼睛了。

「幸好我有咬牙接受手術，以後我就可以盡情打點字了。不過眼睛變好也不盡然全是好事呢，發現自己臉上的細紋時真是嚇了我一跳。」

手術是什麼東西啊？是把壞的眼睛取出來，再把好的眼睛裝進去嗎？

老闆掛好門簾後，便在和室房裡讀起點字書來。因為眼睛看不到的關係，他都是用手指在讀書。我在坐墊上蜷成一團，瞇著眼睛望向老闆。

老闆有張美麗的臉龐。看不見的雙眼就像玻璃一般，呈現著清澈的灰色。鼻子高挺卻又不會太高，嘴唇單薄卻又不會太薄。肌膚是象牙色。頭髮又短又黑，看起來很乾淨。

老闆跟相澤不一樣，他沒有去換眼睛。為什麼呢？老闆的臉上又沒有細紋，他根本不需要害怕。

如果能夠看見自己的臉，老闆應該會大吃一驚，沒想到自己會這麼美麗吧。可是對我來說啊，我覺得他維持這樣就好了。因為沒發現到自己的美，也是老闆的魅力之一。

我有時候會這麼想。老闆會不會連自己是個男生也不知道？因為不管客人是男是女，他一律一視同仁。例如像是碰到女客人就算便宜一點，遇到男客人就會萌生同理心等等，他的心裡完全不會出現這種變化。

我跑去偷看過明日町金平糖商店街的其他店家，從沒見過像老闆那樣的人物。大家身上多少都會帶著男人味，又或者是女人味。沒錯，味道還很重呢。像食堂的老爹會假借淑女午間套餐一詞故意給女生優惠，理髮院的阿姨會給來刮鬍子的男客人優待。這種時候我都聞得到偏心的味道。

老闆是無臭的。該不會老闆不是男生吧？

我要說一件極為機密的事，其實，我是出生在老闆的手掌心裡。他的手掌就像花苞一樣包裹著我，當雙手忽地張開時，我就從口中發出了「喵嗚」的聲音。這就是所謂的呱呱墜地。

我的記憶就從這裡開始。這段記憶我記得清楚極了。換句話說，老闆就是我的媽媽。

在小的時候，我一直這麼深信著。相信每隻貓都是出生於人類的掌心裡。這十年下來，我已經了解這個世界的結構，明白貓都是由貓生下來的。我甚至看過小貓出生的過程呢。就是商店街理髮院的小虎生小孩那時候。雖然畫面怵目驚心，不過這才是事實。看來似乎只有我是從老闆手中出生的。我好像是隻特別的貓。

「特別」這個字眼，聽起來很響亮吧。好像女王一樣呢。

老闆隱瞞了這件事情。沒有告訴別人他生下了我。他還對外宣稱「這小傢伙是客人寄放的」，故意混淆視聽。要是大家知道老闆能用手掌生下貓咪，恐怕會有人跑來拜託他吧。老闆要處理寄物商的生意，還要忙著閱讀喜歡的書，肯定不想增加生貓的副業吧。

我是老闆唯一的小孩。我雖然希望他可以注意到我不是兒子，而是女兒，但是老闆對男女的事情實在很遲鈍，這可能太強人所難了吧。

門簾左搖右晃，又有客人來了。

一位身材纖細的女子走了進來。淡褐色的長髮輕盈飄逸，臉龐白皙，身穿奶黃色的連身裙，該怎麼說呢，她整個人有一種色彩淡薄的印象。不過，她身上的氣味倒是非常清晰明瞭，是肥皂香，是那種白色四角肥皂的香氣，老闆喜歡的東西之一。

附近的住戶，好像都是按一下一種像是機器人的容器頂端，擠出像水一樣的肥皂來用，但是老闆就是喜歡四角形的肥皂，每天都用這種肥皂來洗手。宛如蒼蠅一般地用力搓揉清洗。這股熱衷，是他僅次於讀書之外的興趣。為了知道肥皂到底是哪裡惹人喜愛，我曾經試著舔過一次看看，是讓人想吐的滋味。

如果舔一舔這位客人，她的味道是不是也很苦澀呢？

「歡迎光臨。」老闆說。

我把坐墊讓給客人，在和室裡的一角縮成一團。色彩淡薄的肥皂小姐脫下鞋，登上和室房，微笑著對我說：「謝謝。」然後坐上滿是白毛的坐墊。那是令人餘音繚繞的美麗聲音。

「咦？」他的臉上浮現出疑惑神情，似乎是因為不明白客人道謝的原因，讓他感到很緊張。不過感覺還真是怪啊。依老闆的個性，他平常面對任何事情都是處變不驚，但他今天一下子就露出了動搖的表情。

「為什麼要道謝呢？」

老闆甚至還主動發問了。他好像很慌張，聲音聽起來不知所措。

「因為這隻貓咪把坐墊讓給我。」肥皂小姐解釋。那是像鈴鐺一般的聲音，好聽到讓人想再多聽一點。

「這可不行。」

老闆站起身子。

「坐墊上應該都沾滿了貓毛。請換成這個吧。」老闆一邊說，一邊伸手拿起自己的坐墊。老闆臉上冒出為難的神色，看來他似乎發覺到墊子早已變得扁平輕薄，到最後還是沒有遞出去。

感覺越來越怪了。難不成是因為肥皂香嗎？老闆大概是被他最喜歡的肥皂香給耍得團團轉吧。

竟然能讓冷靜穩重的老闆這麼慌張，肥皂小姐還真是位厲害角色。

她不過只是走進店裡來罷了。

仔細端詳，肥皂小姐有張清秀可人的臉龐，彷彿就像娃娃一般，應該可以稱為是美人吧。儘管老闆看不見這張臉，他應該也很明白吧。是從香氣得知的嗎？還是聲音呢？

哎呀呀，不得了啦。

老闆的胸口開始發出怦咚聲了啊。雖然肥皂小姐聽不見，但身為貓的我可是聽得一清二楚呢。

怦咚怦咚怦咚怦咚怦咚。

這看起來……很明顯是戀愛了吧。

真討厭啊，竟然親眼目睹老闆首次在意起女性的瞬間。光靠氣味跟聲音就能墜入愛河，這豈不就跟貓一樣了嗎？在我眼裡，就等於是看到媽媽的初戀一樣，該說是難為情還是尷尬好呢，心情好複雜。話說還真是令人擔心啊。我只希望老闆不會受到傷害就好。

老闆現在三十七歲，可是他的心靈依舊跟少年沒有兩樣呢。竟然到現在才初戀，真是笑死人了。

肥皂小姐微微一笑。

「沒關係。我坐這張坐墊就好。反正我不討厭貓。」

只見老闆搔了搔頭。

「可能從之前到現在，我一直都讓客人坐在滿是貓毛的坐墊也說不定。」

又來了，他又說話了。老闆不但比平常還要多話，更重要的是，他現在還站在客人面前。

「你該坐下來了啦。」我說。儘管我說出口的還是「喵嗚」，老闆看起來似乎是聽懂了，一副不好意思地放好扁平的坐墊，坐了上去。他的位置離肥皂小姐很遠。比平常面對客人的距離還要遠多了。

老闆果然戀愛了啊。戀愛會讓人變得膽小。門簾輕輕飄盪著。看來老闆的變化，連門簾也發現到了。

老闆好像總算是找回了專業意識，開口問道：「請問要寄放什麼呢？」

這時候肥皂小姐從褐色的皮革包包中，拿出一本老舊的書交給老闆。外面雖然還有盒子裝著，不過看起來很明顯就是一本書。

儘管我很慎重地在觀察，但肥皂小姐和老闆的手指還是沒有碰到，只差一點點而已。

「這是書沒錯吧。」

老闆像在做檢查似地用手摸摸外盒。當他的手指一碰到一張小小標籤時，他露出了吃驚的表情。

「這是圖書館的書。」肥皂小姐說。

聽到這句話，老闆雖然一臉擔心，他還是什麼也沒說。很好很好，老闆又慢慢恢復成平常的樣子了。不管客人有著什麼樣的原因，放下多餘的好奇，收取一天一百圓的費用保管物品。這就是寄物商的工作。

肥皂小姐說：「前天，我本來想拿去還書，可是圖書館已經關了。」

「圖書館關門了嗎？」

「是啊，從七年前就關門了。」

「七年前？」

肥皂小姐說了一聲「是的」，垂下眼。

我坐在老闆的膝上。因為我希望老闆能夠變回往常的他。不過看來效果不彰，只見老闆小心翼翼地拿著書，甚至忘了要摸摸我。

我這隻貓好歹也活了十年，當然多少知道圖書館的架構。就是一家借書的店。做點字義工的相澤也說她常去圖書館借書。

寄物商是專門負責保管，而圖書館正好是恰恰相反的店。圖書館跟這裡不一樣，好像有很多人都會去光顧，感覺很熱門的樣子。我以前對圖書館抱有競爭的心態，因為我很忌妒它們這麼受歡迎。不過，我現在改觀了。本來我以為去那裡借書，頂多也只有一周、兩周的期限，沒想到竟然能借到長達七年的時間，更何況客人還這麼多耶。真不曉得他們怎麼記得住。真是辛苦的大工程啊！與其視圖書館為對手，我現在反而開始尊敬他們了。

肥皂小姐說：「真是漂亮的音樂盒呢。」

奇怪？

這兩個人怎麼感覺好奇怪。

老闆應該要詢問寄物期限和收款，肥皂小姐應該要掏錢付款，讓作業流程繼續下去才對，但他們現在卻一派悠閒地在聊天。而且還是在聊跟書完全無關的話題。

老闆似乎很歡迎她閒話家常，一臉開心地說：「妳要看看嗎？」接著他匆匆把我從膝蓋上放下，打開玻璃櫃，拿出裡面的音樂盒。我非常喜歡音樂盒，所以開心到靜不下來。老闆一如往常地用他纖細美麗的手指轉轉發條，將音樂盒擱在肥皂小姐的面前。

「請打開盒蓋吧。」

肥皂小姐點點頭，雙手輕輕掀起盒蓋。我最喜歡的曲子便頓時響起。只要一聽到這首曲子，我的喉嚨就會自然地發出咕嚕咕嚕的聲音，身體也會軟趴趴地放鬆下來，讓我忍不住想要露出肚子。這首曲子我真是太喜歡了，音色聽起來就像是色彩繽紛的小珠子在舞動跳躍一樣。

跳呀跳的，跳呀跳的。

不過可惜的是，音樂一下子就播完了。

曲子一播完，肥皂小姐便說：「真美的曲子呢。曲名是什麼啊？」

老闆答道：「幻想曲。是舒曼的曲子。」他看起來一副總算想起我的模樣，把我抱回膝上。

「我下次買張CD好了。」肥皂小姐說。

老闆馬上客氣有禮地這麼說：「CD聽起來又跟音樂盒的音色很不一樣哦。」

之前老闆曾經買過CD回來重複聽了好幾遍，不過他好像比較喜歡音樂盒的幻想曲，最近都沒看到他拿CD出來聽。

老闆吞了好幾次口水。他大概是在忍著不說出「不介意的話，我送妳那張CD好了」這句話吧。這樣感覺太親暱了。而且在我聽來，CD版的幻想曲就像是另一首曲子，完全打動不了我。

他們兩人就像朋友一樣繼續聊著天。

「這個音樂盒是店裡的東西嗎？」肥皂小姐問道。

「是客人寄放的物品。」

「真漂亮啊，放在玻璃櫃裡看起來又更美了。寄放的物品都是放在這裡嗎？」

「不，平常都是收在裡面的房間。只有這個比較特別。當時客人在寄物的時候，就有要求我要偶爾拿出來聽聽。」

此時肥皂小姐好像在思考什麼的樣子。「我的書也可以比照這麼做嗎？」她說。不等老闆同意，就逕自將音樂盒收回玻璃櫃，再把自己的書排放在旁邊。放好後她仔細端詳了一會兒，心滿意足地這麼說：「這樣看起來，書好像很幸福的樣子。」

老闆豎耳傾聽，沒有漏掉肥皂小姐的任何一句話。看來他是在努力地想像吧。想像著書本幸福的光景。

此時門簾突然激烈地晃動搖擺。這是在吃醋吧。一陣強風，把肥皂小姐的髮絲也吹得隨風搖曳。受到風的刺激，老闆總算是想起了工作。

「請問要寄放幾天呢？」

「我想想哦，這樣會是幾天啊？我會在六月三號的傍晚過來拿。」

「六月三號？」

「對，那天是我的結婚典禮。典禮結束後，我會再過來拿。」

要是平常的話，老闆都會迅速地計算出金額，告訴客人這樣總共是幾天還有費用，但老闆現在卻只是默不作聲地在摸著我的背。雖然他面不改色，但是我可以從掌心中感受到老闆的失落。

老闆在同一天初戀又失戀了，而且還是在這麼短的時間裡。我很同情老闆，但門簾卻是開心地在左搖右晃。真是愛幸災樂禍的女人啊。

肥皂小姐說：「可以讓我抱抱那隻貓嗎？」

老闆把我交給了肥皂小姐。這時候肥皂小姐的手輕輕碰到了老闆。

我看見老闆的雙頰變得有些泛紅。

是香氣。一被肥皂小姐抱在身上，就好像全身都包裹在肥皂之中。她大概很常洗手吧。說不定她連衣服都是用肥皂洗的。

「那本書，不是用借的。」肥皂小姐說。

「那是二十年前，我偷來的書。」

我大吃一驚！這個人是個小偷？

她竟然用美麗的聲音，吐露出意外的告白啊。她的表情，就像是在閒聊天氣一樣地心平氣和。

該不會，她企圖偷走音樂盒吧？

該不會，她打算要把我給拐走吧？

老闆從容不迫地默默側耳傾聽。他明明很在意肥皂小姐，卻對偷竊的行為很寬容。

肥皂小姐繼續說：「那時，我的身上沒有借書證。那東西雖然任何人都可以簡單地申請，可是如果沒有做居住登記，就沒辦法辦理了。」

肥皂小姐用指尖搔了搔我的下巴，感覺真是舒服。肥皂小姐可能跟貓咪一起生活過吧，她對待貓咪的方式比老闆還要有技巧。

「小的時候，我總會特別想要自己沒有的東西。我以前很羨慕朋友的借書證，雖然對方說他可以幫我借書，但我就是不想要這樣。羨慕的情緒就像一團黑煙，總是堆積在我的肚子裡。」

黑煙是老闆烤秋刀魚時冒出來的煙氣顏色。我想像著一團黑煙堆在肚子裡，感覺好像也沒有什麼特別不舒服。不過肥皂小姐似乎很討厭黑煙的樣子。

「雖然我總是儘量避開圖書館，但是有一天我就是特別想要去看看，忍不住走了進去。那是我小學三年級的秋天。裡面有好多書，簡直就像在做夢一樣。正面最顯眼的書櫃上，就擺著這本書。我對封面一見鍾情，很想要看看內容。我定睛一看，發現架上竟然有十本一模一樣的書。明明其他的書都只有一本，這本書卻有十本擺在上頭。於是我就心想，反正這裡有十本，就算帶一本走應該也不會被發現。然後，我就把書藏在毛衣裡，偷偷帶了回家。沒有任何人上前盤問我，一切十分順利。」

接著老闆問道：「書好看嗎？」為了帶過偷竊的罪行，他打算將話題轉到書的內容上。不過肥皂小姐的回答卻是出乎意料。

「我沒有看。那天回家後，在面對書本的那瞬間，我開始覺得這本書好可怕，心裡越來越難受，我就把書收進了櫃子深處。我明明就那麼想看，結果卻變得連碰都不敢碰。我還真是任性。」

門簾突然搖晃了起來。她大概是在譴責肥皂小姐，「對啊，妳太任性了。」畢竟門簾打從剛剛開始就在吃醋，現在全身都變得皺巴巴的。

「之後每次搬家我都打算要把那本書丟掉，但怎樣還是無法丟棄，心想著總有一天一定要拿去還，結果就這樣放在身邊二十年了。」

「妳不會感到痛苦嗎？」

「老實說，平常我完全不會記得這件事。我現在辦了住民票[12]也有了戶籍，已經可以得到最基本的待遇。像是借書證，只要我想要就可以去辦理。雖然我從來沒辦過就是了啦。畢竟在心裡面，還是會有股罪惡感。」

罪惡感是什麼東西？

照話題的內容聽來，應該是指「對不起」的心情吧。

「在我忙著為婚期整理行李的時候，就發現到了這本書。我下定決心這次一定要乖乖還回去，然後坐上了電車，跑到以前住的城市。結果沒想到圖書館早就關門大吉，我再也還不了書了。一想到自己已經沒辦法歸還，反而讓我變得更在意。為了暫時避開這本書，我才會拿過來寄放。」

「婚禮結束之後，就會沒事了嗎？」

「我不曉得。雖然不曉得，不過我覺得只要結完婚，好像就再也變不回過去的自己。因為我已經得到歸處了嘛。我想這麼一來，就有辦法再度面對這本書了。」

「妳想要讀讀看嗎？」

「是啊，我想要試著閱讀看看。我認為好好接受這本書，還有自己的過去之後，我就能夠向前邁進了。」

---

12 居住地之地方公所所開具的居住證明。

「本店會小心代為保管的。」老闆說完，告知了寄物金額，收取費用。

肥皂小姐抱著我站起身說：「拜拜囉，水波蛋。」

我大吃一驚！為什麼她會知道我的本名？

老闆也訝異地重複回問：「水波蛋？」

肥皂小姐把我放到坐墊上。

「是啊，我走進店裡的時候，這孩子就睡在坐墊上，看起來就像水波蛋一樣。水波蛋也是白白的，只要煮得成功，就會像這樣圓滾滾又軟軟綿綿的。我很愛吃水波蛋，所以在家常常做。很適合鋪在烤好的馬芬麵包上面一起吃哦。」

老闆也很愛吃水波蛋，常常會煮來吃。相澤說煮水波蛋太難了，她做不來。老闆可以很俐落地完成這道連雙目健全的人，也不見得做得出來的料理。家事和工作也是如此。老闆都是在幾經失敗和重重練習下才能順利完成。重點就是要抓到訣竅。老闆待在裡面房間的時候，總是埋頭在努力，不過他好像不想被其他人知道這些事，總是一臉悠哉地待在店裡。

不過說到了馬芬麵包，老闆倒是從來沒把水波蛋放在馬芬麵包上一起吃。馬芬麵包是什麼啊？長得跟坐墊差不多嗎？

老闆沒有說出自己也很喜歡水波蛋。不過，他一如往常地撒了謊。

「這小傢伙也是客人寄放的。」

「她叫什麼名字？」

「叫社長。」

「哎呀，竟然幫女孩子取這種名字？」

老闆頓時露出驚訝的表情。他果然不曉得我是個女孩子，就連我是隻白貓這件事，也是點字義工的相澤跟他說的。他美麗的手指可以閱讀點字，可是似乎沒辦法辨別我的毛色和性別。

肥皂小姐離開了，店裡還殘留著她的香氣。老闆發呆了好一陣子後，才在收起錢的時候喃喃嘀咕。

「名字……」

哎呀呀，老闆竟然忘了問客人的名字。這還是他第一次犯下這種錯誤。

畢竟這是他第一次戀愛，也是第一次失戀，在所難免。

我去幫忙叫客人回來好了。雖然語言不通，不過只要喵喵叫幾聲，對方應該可以明白些什麼。因為肥皂小姐的第六感很準嘛，準到連我的名字都知道。

我離開店裡，跑在商店街上。從氣味聞起來，肥皂小姐現在應該還走在商店街。

啊啊，我看到了。是淺褐色的頭髮。等一下！

我邊喊邊往前跑。

我的聲音根本幫不上忙。我越跑，聲音就越往身後散去，完全傳不進肥皂小姐耳裡。肥皂小姐穿過商店街，開始走上前方的斑馬線。儘管這裡已經超過我的勢力範圍，我還是鼓起勇氣追了上去。就在肥皂小姐越過斑馬線的同時，她注意到了我的聲音，回過頭來。

她的臉上沒有笑容。肥皂小姐露出驚訝的表情，好像在喊叫些什麼。不過她的聲音，被一陣猛烈噪音給蓋了過去。我看向噪音的方向。

有個像房子一樣的巨大物體朝我迎面撲來！

我害怕到動彈不得。

聲音跟視野驟然消失——是一片無。

下個瞬間，我忽地聞到了肥皂香。肥皂小姐的手指揪著我，把我朝空中甩去。我在半空中滾了幾圈，輕巧地著地。

等我回過神來，自己已經站在商店街的入口了。定睛一看，斑馬線的正中央停了一輛大卡車，一位大叔下了駕駛座，朝下方探頭查看。

我開始慢慢聽得見聲音了。

我聽到有阿姨發出像慘叫一般的聲音，還有大喊著「救護車」的男人叫聲，我沒看見肥皂小姐。她說不定已經回去了。

我也回去吧。

我有氣無力地走在商店街上。

肥皂小姐會在六月三號的時候，再回到寄物商這裡。說不定她的身上不會再散發肥皂香，而是變成了其他味道，可是我看過肥皂小姐的臉，我可以幫忙告訴老闆，「她就是肥皂小姐。」不過老闆的聽力很厲害，光憑著那像鈴鐺般的聲音，應該就能立刻認出她了吧。

我回到寄物商，老闆驚訝地豎起耳朵，發現到是我進門後，便出聲喚了我，「社長，過來。」

我坐上老闆的膝上。老闆輕輕撫摸著我的背，就像在閱讀點字書一樣，他的手來回撫摸了好幾遍。他是打算閱讀我的心嗎？這樣怎麼可能讀得到啦。

我的視線看得到玻璃櫃。裡面陳列著我喜歡的音樂盒，還有肥皂小姐的書。

對老闆而言，六月三號是什麼樣的日子呢？

到了那一天，肥皂小姐就會來到店裡。雖然令人期待，但那時候的肥皂小姐早已嫁人了，所以那天也能算是個寂寞的日子。說不定只要一成為別人的太太，身上就再也不會散發出那樣美好的香氣。

就在我左思右想的時候，遠處傳來警報的聲響。

喔咿喔咿、喔咿喔咿、喔咿喔咿、喔咿喔咿。

因為聲音很遠，聽起來也不會覺得特別擾人。

離六月三號還有半個月左右的時間，乍看之下，老闆的生活依舊一如以往。

早上七點開門營業，十一點暫時休息一陣子，下午三點再度開店，晚上七點打烊。有時候可能一整天連一個客人都沒有，他的工作就是默默等待。老闆會在這段時間閱讀點字書。

儘管愛上老闆的門簾，還有趾高氣昂的玻璃櫃都沒發現，但是我十分明白。老闆從那天開始，就一直在等著肥皂小姐。雖說老闆的工作就是等待，不過他卻不是以面對工作的心情在等待著。

因為從那天起，老闆每天都會煮水波蛋。然後挑戰他以前從沒試過的吃法。

之前，老闆都會先在白色的碗裡添好飯，再把水波蛋放在上面。他會用湯匙弄破又白又柔軟的蛋，讓蛋黃滲進飯裡一起吃。我不清楚其他人是怎麼做的，但是眼睛看不見的老闆在吃東西時，總是需要花費一番功夫。例如像是咖哩飯。那是在淋上咖哩醬後，伴著白飯一起吃的食物。老闆必須要小心不要光吃白飯，以免剩下一堆咖哩醬。

肥皂小姐光臨後的隔天，老闆第一次將水波蛋放在又白又圓的扁麵包上。那好像就是肥皂小姐說的馬芬麵包。

老闆把水波蛋放到了馬芬麵包上，但是他似乎不知道該怎麼吃才好。煩惱到最後，他乾脆直接用手拿起麵包大口咬下去。瑪芬麵包被老闆的門牙支解，蛋黃沾上鼻頭，染上手指，甚至還滴落了下來。老闆輕聲發出「啊啊」的慘叫聲。

即便如此，沒有學到教訓的老闆還是每天這麼做。他反覆練習了好幾遍水波蛋配瑪芬麵包的吃法，然後在五月底的最後一天，他終於成功用刀叉俐落地品嘗到了。因為老闆很努力，才能鍥而不捨地克服難關。

以後要是有一天能跟肥皂小姐一起用餐，也不會有問題了。雖然不大可能有這種機會，但老闆還是為了預防萬一事先做了練習。

時間來到六月，我不經意地這麼想。說不定，肥皂小姐不會再來店裡了。客人的心情總是反覆無常。很多人到最後都不會來領回物品。

肥皂小姐有了幸福的婚姻，一定很滿意自己的歸處吧。這麼一來，她根本不會想去回憶起自己過去偷來的書。所以要是肥皂小姐沒有再來光顧，就代表肥皂小姐現在過得很幸福。我做好這樣的心理建設，迎接三號的到來。

這一天天氣晴朗，是適合結婚的好日子。老闆照常地開店營業，照常地一邊讀著點字書，一邊等著客人上門。正確來說，他是在等著肥皂小姐。肥皂小姐的寄物費付到今天為止，她說婚禮結束後就會過來領物。

門簾搖晃了。老闆慌張地豎起耳朵。但是他沒聞到肥皂香，也沒聽到像鈴鐺般的聲音。

「因為我在外面沒看到招牌，請問這裡是寄物商沒錯吧？」

門口走進一位彎腰駝背的老奶奶。她的嗓門很大，應該是患有重聽吧。

她的手上拿著一個布巾包裹。我看過這位老奶奶的臉。在商店街門口的某家商店窗口，總是見得到她的臉。

「歡迎光臨。這裡就是寄物商。」

老闆提高音量站了起來。他大概是從聲音和腳步聲知道對方是個老人家，只見老闆伸出手，扶著老奶奶進來和室房。

老奶奶坐上坐墊，遞出了布巾包裹。

「我是第一次來，請問要怎麼寄物啊？」

老闆用雙手抱著布巾包裹，「是要直接這樣寄物嗎？還是要把布巾帶回去呢？」他說。

「該怎麼辦好呢？」老奶奶說：「看來我還是把布巾帶回去好了。」

老闆說：「那我現在就拆開來。」然後解開了布巾。裡面包著一個跟電鍋差不多大的雙耳鋁鍋，還有許多香煙的小盒子。老闆伸手摸了摸鋁鍋，拿起其中一個香煙盒，上面的味道讓他明白這是什麼東西。因為長久的使用，鋁鍋顯得黯淡無光，到處都留有小小凹痕。不過鍋子因為經過了洗刷，上面看不到焦痕與污漬。

「因為我準備要搬家，清理了許多身邊的東西，可是就只有這些我怎麼樣也捨不得丟掉。」

「這些沒辦法一起帶到新家去嗎？」

老奶奶一時之間沉默不語，然後露齒一笑。

「兒子要我搬過去跟他一起住。因為媳婦會做菜，好像連廚房也是最新款式的，所以以後就不需要這種鍋子了。」

老奶奶上下兩排的門牙，勉強還各剩下一顆。

老闆露出微笑。

「真是個孝順的好兒子啊。」

只見老奶奶馬上抬頭挺胸地說：「還好啦。」雖說是抬頭挺胸，不過老奶奶現在是彎著腰桿，所以她其實也只是稍微突出了一點下巴而已。我能感受到她的心情。聽到別人稱讚自己的親人，她似乎十分開心。

「請問要寄放幾天呢？」

「該怎麼辦才好呢？」

「搬家之後，您就不會再回來拿了吧？」

「是這樣沒錯。」

「那要不要寄放一天就好？寄放一天是一百圓。」

「該怎麼辦才好呢？」

兩人怎麼談也談不出個結果。這種客人只要留下一百圓，要求寄放一天，之後不要再回來領物就好。反正他們都是來丟垃圾的。因為自己不忍心丟掉，就過來這裡請老闆幫忙。大家都是這麼做。一點也不稀奇。

「這個鍋子是我阿母給我的。」

「是您母親給的嗎？」

「我嫁過來的時候，什麼嫁妝都準備不出來，阿母就把家裡用的鍋子刷乾淨，讓我帶了過來。」

「真是個好母親啊。」

「只要有個好用的鍋子，就什麼都煮得出來。就算遇到什麼難受的事，只要動手刷刷鍋子，心情一下子就會舒坦許多。」老奶奶這麼說著，用手摸了摸心窩。

「有些日子不是可以回收大型垃圾嗎？我之前就拿去垃圾場好幾遍，可是最後還是捨不得丟掉。」

「如果是這麼重要的寶貝，最好還是別丟掉，收在身邊比較好啊。」

聽到老闆的話，老奶奶笑瞇瞇地搖了搖頭。她從懷中拿出錢包，在榻榻米上擱了一枚百圓硬幣。

老奶奶將額頭貼著榻榻米，向鍋子行禮致意，「辛苦你了。」老奶奶行完禮後便站了起來。老闆開口詢問她的名字，她只答了一句：「阿留。」老闆扶著老奶奶離開。

就在老奶奶說著「再會」，鑽過門簾的時候，老闆喃喃自語地說：「我會永遠在這裡幫您好好保管的。」這樣輕聲的低語當然傳不進老奶奶耳裡。老奶奶停下腳步，捶了捶腰間。然後一語不發地離開店裡。

這就是三號當天發生的一切。老闆雖然營業到深夜，肥皂小姐還是沒有現身。

過了四號，又過了五號，甚至連十號也過去了，卻還是不見肥皂小姐的身影。不曉得是不是因為老闆早已猜測到的關係，他看起來沒有絲毫異樣，不過他不再煮水波蛋了。順便一提，老奶奶的鍋子被老闆帶進廚房裡拿來煮煮菜，做做咖哩，大顯神威了一番。

在六月底左右的時候，相澤帶著點字書來到店裡。

「午安。這次是本長篇作品，花了我好多時間呢。」

她登上和室房，重重地放下點字書。相澤絕對不會坐上坐墊，因為她知道上面沾了我的白毛。她是個眼睛很好的阿姨。

「每次都麻煩妳了。」

老闆用托盤端來一只茶杯，擱在相澤的面前。相澤道了聲「謝謝」，一邊呼呼地吹著氣，一邊滿意地喝起茶水。

「你泡的茶真是世界絕品啊，感覺都能開家專賣日本茶的喫茶店了。」

「謝謝稱讚。要是以後做不了寄物商的時候，我就開一家那種店吧。」

「到時候記得要僱用我哦。我啊，一直想做做看那種工作呢。桐島是老闆，而我嘛，就是那個……」

「服務生嗎？」

「對啦，就是那個。」

聊到這裡，相澤注意到了我，「那麼社長就是店花了呢。」她說。

老闆訝異地問道：「妳知道社長是母的嗎？」

結果相澤立刻笑著說：「哎呀，討厭啦，怎麼可能不知道呢！」

接下來老闆翻了翻相澤帶來的點字書，認真地用指尖摸遍每個角落。

相澤說：「不過最好還是不要。」

「這裡還是不要改變比較好啦。讓寄物商永遠屹立不搖，也是老闆的份內工作啊。」

老闆的注意力全放在點字書上，沒有回話。這本來就不是少見的情況，於是相澤便一個人自言自語起來。

「像現在的明日町金平糖商店街，不是也出現了許多改變嗎？沒想到那家香煙鋪竟然要關門大吉，真是嚇了我一跳。」

「香煙鋪？」老闆停下了手。

「就是開在商店街門口的那家小煙鋪啊。桐島你沒有抽菸，所以可能不大清楚吧。那家店已經開了好久，很多人會在門口那裡跑過去問路呢。就算不買東西，老闆娘也會親切地幫忙指路。是個很和善的老奶奶呢。」

「老奶奶？」

「是啊，雖然店裡只有她一個人，但聽說因為業績減少，讓她付不起店租了。」

「所以老闆娘就決定收起店鋪，搬到親人那裡去吧。」

「據我聽來的消息，老闆娘似乎沒有小孩，也沒什麼經常往來的親朋好友，所以好像是要去住安養院的樣子。」

老闆眨了好幾次眼睛，我也忍不住跟著他眨眨眼。相澤說：「像我也是無依無靠，孤家寡人一個，感覺就好像看到未來的自己一樣，心裡有些淒涼啊。」

人類只要變成一個人，就會覺得淒涼嗎？大家還真是怕寂寞啊。不過老闆還有我這個女兒在，不會有事的。我望向老闆的臉，想要告訴他這些話，結果連老闆也露出一抹孤單的神情。他好像跟著受到影響，心情變得淒涼。

相澤就像是在鼓勵自己似地說道：「其實也不是只有壞消息而已啦。你知道嗎？就是商店街門口的斑馬線。那裡已經裝好紅綠燈了呢。而且還會發出聲音，這下連桐島也能放心過馬路了。」

「這樣啊。那裡是條大馬路，我本來還以為自己一輩子都走不過去，這樣真是太好了。」

「那裡的車流量很多，怎麼可以沒有紅綠燈呢。之前國小ＰＴＡ[13]的成員就有辦過連署努力爭取，可是卻還是遭遇到重重難關。結果就在上個月，那裡發生了車禍，最後才終於促成紅綠燈的樣子。」

---

13 Parent-Teacher Association，簡稱ＰＴＡ，家長教師會。

「車禍？」

「聽說有輛卡車輾到人了。」

「對方平安無事嗎？」

「好像有上救護車的樣子……不過對方不是附近居民，之後的事情我就不清楚了。」

老闆說著「原來如此」，沉默了下來。就算知道紅綠燈完工的好消息，一聽到車禍的事情，還是沒辦法湧現出喜悅。

無意間，我的腦中浮現出一個很糟的想法。不過，這個念頭立刻被我打消。因為真的是太糟糕了。

「啊咧，是《小王子》，這本書怎麼會在這裡？」

相澤看著玻璃櫃中的書，滿臉歡喜地說：

「哎呀呀，這個是流當品嗎？」

相澤都把過了寄物期限的物品稱為「流當品」。在當鋪好像都是這麼稱呼。只不過當鋪是店家要付錢給寄物的客人，跟我們完全不一樣。

「我可以看看嗎？」

就在相澤正準備把手伸向玻璃櫃時，老闆以強硬的口吻制止她，「那還在寄物期限內，還不能碰。」

騙人！肥皂小姐的寄物期限老早就過了。那是貨真價實的「流當品」。相澤露出不可思議的表情。畢竟老闆講話第一次這麼強硬，更何況他從以前都不曾特別在乎過什麼事，讓相澤感到很好奇的樣子。

老闆問了問相澤：「那本書，叫做《小王子》嗎？」

「是啊，書雖然已經很舊了，但的確是《小王子》沒錯喔。以前啊，我本來有打算要點譯《小王子》，不過桐島你說除了兒童文學，比較想要讀讀看成熟一點的書，所以最後我就沒有點譯了。」

「這樣啊。」

「桐島小時候有讀過嗎？」

「沒有。啟明學校的圖書館雖然有點字書，可是《小王子》很受歡迎，每次都在其他人手上，還沒輪到我的時候我就畢業了。」

「哎呀，所以你不知道故事劇情？」

「是的。」

「完全不知道？」

「對。」

老闆打開玻璃櫃，拿出那本書。他卸下外盒，翻開書頁，用手指不斷來回撫摸，打算閱讀書中的內容。他是在後悔自己之前沒有讀過吧。就算再怎麼摸也沒用，因為那又不是點字書，怎麼可能讀得出內容。真是個笨蛋！

相澤一時驚訝地望著這樣的老闆，最後這麼說道：「要不要我稍微朗讀給你聽聽？」

老闆點點頭，小心翼翼地遞出書本。

相澤接過書，翻開第一頁，靜靜地讀起文句。老闆就像是在索求一般地聆聽著。

那是個奇怪的故事。彷彿像謎語一般的語句，裝腔作勢的措辭遣字，還有宛如咒語般的喃喃私語。文章中交織著大人與小孩的思緒，但即便如此，其中還是存在著一定的秩序，又或者該說是像音樂一樣的節奏。

相澤似乎不太習慣朗讀，不但唸得很不流暢，不時還會吃點螺絲。但是那毫無造作的語氣，巧妙地與故事中的世界不謀而合。

大概讀到了五分之一左右，老闆發現相澤的聲音逐漸開始沙啞。

「謝謝妳，今天差不多到這裡就好了。」老闆是在客氣，明明就還想繼續聽下去。他露出依依不捨的表情，從相澤手上接過書，闔了起來。相澤一直猛盯著這副模樣的老闆瞧。

接下來相澤每三天都會過來一次，朗讀《小王子》給老闆聽。我也會坐在坐墊上聽故事。

真是不可思議的一段時間。

以前相澤與老闆之間的關係，就是聰明年輕的男子，與不懂世事的阿姨，但是在這段朗讀的時間裡，看起來卻完全變了樣。

老闆的神情簡直就是個孩子，就像那些經常被母親牽著走在商店街上的孩子一樣。信賴大人，將一切託付給對方。他露出這樣的表情，豎耳聆聽相澤的聲音。

老闆的這副模樣，帶給我無比的震撼。

在我的記憶當中，老闆打從一開始就是個大人。冷靜穩重，處變不驚，一視同仁地溫柔對待所有事物，不過卻還是有冷峻的一面。無論是固執，糾葛還是執著，他的心裡完全沒有這種有完沒完的情感。

現在的他不一樣。他沉迷於《小王子》當中。

然後依賴著相澤的聲音。

我第一次看見老闆露出孩子氣的表情。

老闆終於有了母親。

原來當人類有了母親，才能夠成為孩子啊。

我看著老闆的表情看得太入迷，完全聽不進故事的內容；而老闆則是脹紅了雙頰，還不時抿著嘴唇，彷彿要把一字一句都深深烙印在心裡。

終於到了最後，老闆對著朗讀完故事、闔上書本的相澤低頭致謝，「謝謝妳。」

相澤發出早已沙啞的聲音說：「我們好像一起出門旅行了一趟，感覺真幸福啊。而且還不是去草津或是熱海那種地方，而是太空旅行。」然後微微一笑。

相澤走出店裡時，門簾輕輕晃了幾下。因為這次不是靠點字書，而是採用朗讀的方式，讓門簾第一次聽見了故事內容，又能與老闆一同去旅行，似乎讓她覺得很開心。門簾大概是想對相澤說，希望她以後再來幫忙朗讀吧。

我也是一樣。雖然我聽不太懂故事，但我還想再看看老闆的那副表情。

就在那天的夜裡。

店早已打烊，擺鐘發出十一下的聲響。老闆從店面玄關走了出去。外面已經是一片漆黑。老闆平常都是從後門出入，而且也只會在白天出門，是發生什麼事了嗎？我擔心地黏在老闆身邊，跟著一起走了出去。

走在外頭的時候，老闆都會扶著拐杖。拐杖還有拖著腳步的聲音，靜靜迴盪在商店街裡。每家商店都是大門深鎖，路上一個路人也沒有。因為不用擔心會撞到人，老闆的腳步走得比平常還要快。再怎麼暗也沒關係。眼睛看不到的人，早已從陽光中解放。在某個意義上來說，他們獲得了自由。

走過理髮院，再經過鮮肉店，一步步繼續往前走，最後終於抵達了商店街的入口。老闆在這裡暫時停下了腳步，正豎起耳朵聆聽。這裡原本有家香煙鋪，雖然招牌還沒拆，但店裡已經悄悄被淨空，裡面像是一個洞窟。看起來就好像在動手術一樣。下次會是什麼樣的店家進駐這裡呢？

老闆再度開始踏出步伐，走出商店街，面前是條寬敞的道路。這裡的斑馬線從很久以前就在了，而剛裝設好沒多久的紅綠燈現在正亮著紅色光芒。這是「路人禁止通行」的記號。

好幾輛汽車呼嘯而過。

紅綠燈依舊亮著紅光，遲遲不見「前進」的信號。這到底要等多久啊？老闆伸手摸索到了一個按鈕，按了下去。頓時間紅燈立刻開始閃爍，變成了綠燈，發出噗噗噗的聲響。

我想，這大概是「前進」的暗號。

一輛車停在斑馬線的前方。看吧，就是現在，路人可以過去了哦。汽車駕駛一臉不可思議地看著老闆。老闆站在斑馬線前一動也不動，沒有要過馬路的意思。

紅燈再度亮起，車子向前駛動。駕駛似乎很擔心老闆會突然衝出來，露出一副提心吊膽的模樣。他謹慎觀察著這邊的動靜，慢慢開過老闆的面前後，便立刻加快速度駛去。

老闆面無表情，直挺挺地站在原地。

我是這麼想。老闆在金平糖商店街出生，在金平糖商店街長大。雖然他曾經在啟明學校待過，但那早已是很久以前的事情了。我想他大概跟我一樣，沒辦法踏出自己的勢力範圍一步吧。不過在他的心底深處，應該還是有一股想要旅行的心情。心裡還是想走過斑馬線，到另一頭去看一看。

無意間，我想起了一幕。想起站在斑馬線另一端，肥皂小姐回過頭來的表情。要是最後見到她的那時候，她能夠展露笑容就好了。

現在，不曉得老闆有沒有看到呢？看到肥皂小姐站在對面那一側的身影。要是看到了就會想要走過去吧？想過卻又不敢過吧？要不要再按一次按鈕看看？要過馬路的話，我可以陪你一起走喔。我會陪你走到天涯海角。

老闆忽地轉身離開了斑馬線，開始照著原路走回去。為了告訴老闆我就在他的身邊，我喵喵地叫著。此時老闆突然「嗚」地發出像在咳嗽的聲音。我抬頭一看，老闆扭曲著臉，眼裡滴落出閃閃發亮的物體。

是眼淚！

老闆正在哭！

我嚇了一跳。我原本以為老闆身上沒有淚水。

我嚇得驚慌失措。總之無論如何，眼淚一定是有總比沒有好啊。我雖然努力地逼自己樂觀面對，還是無法順利轉換心情。

老闆為什麼要哭？

是《小王子》害的嗎？

雖然我沒有仔細聽故事，不過小王子在故事的最後消失了。不禁讓人覺得他說不定是死掉了。對老闆而言，突然現身又消失的肥皂小姐就像是小王子，他是不是覺得肥皂小姐也死掉了，所以才會悲從中來呢？

我耐不住心神不寧的情緒，開始叫了出來，喵喵地叫著。我也不清楚自己為什麼要叫。我陪在與往常截然不同的老闆身邊，發狂似地一邊喵喵亂叫，走在夜晚的商店街上。

回到寄物商的時候，我的聲音早已喊到沙啞，變成像剛朗讀完故事的相澤一樣。

老闆到了隔天，又恢復成往常的模樣了。

玻璃櫃裡陳列著音樂盒和《小王子》，老闆有時候會拿出音樂盒聽一聽，但是卻從來沒有翻開過《小王子》。因為就算翻了他也無法閱讀，所以他才不打開。不過即便如此，他每天還是會拿出來摸一摸，像是在檢查書還在不在；打烊的時候，他還會把書輕輕放在掌心，彷彿在對她道聲「晚安」。

老闆正在等著肥皂小姐。

太好了。老闆他還深信著。深信肥皂小姐還會回來。

從老闆等待肥皂小姐的時候開始，他就變得稍微有男子氣概一點了。雖然他還是一視同仁地接待客人，但是老闆的心已經完全是個男子漢了。

儘管老闆苦苦等待，肥皂小姐卻還是沒有現身。

會變成這樣，是我的錯嗎？

這樣就好像肚子裡堆積著沙土，感覺真是難受啊。

這就是所謂「對不起」的心情，那個叫做罪惡感的東西吧。就像肥皂小姐身懷偷書的罪惡感一路走來一樣，我也必須要懷抱著這種心情活下去不可。

但是我絕不說對不起。雖然我本來就不會說人類的語言，不過就算我會說，我也絕對不說。因為要是真的說了，就會永遠失去肥皂小姐了。

說不定肥皂小姐平安無事，說不定她會再來店裡光臨。

我的能力所及之事，就只有相信這微小的可能性。我相信老闆深信的事，也會陪著老闆一起繼續等待肥皂小姐。

永永遠遠等下去。

看來我得要長壽一點才行了。

終章

今天是個大晴天。我雖然看不見，但是我很清楚。

因為坐墊蓬鬆綿軟，照耀在臉上的陽光也很飽滿充足。

現在的我，已經是幾歲了啊？我想想喔……

我忘記了啦。

雖然活了很久，但我卻不曾感到無聊。因為每一天，都找得到變化與新發現。

你看，像我的腳已經走不穩了啊。

雖然人類都稱這些為老化，但我覺得這是一種成長。

自己做不來的事情，開始一個個慢慢增加。

我雖然爬得上和室房，卻登不了屋頂，甚至就連牙齒的數量也減少了，所以現在只能吃軟的食物。

不過我還是吃得出食物的滋味啦。

這個世界逐漸變得跟我一樣，簡單來說，就是開始變得白茫茫，到了最後一下子什麼都見不著。

當我的視力開始衰退時，是相澤最先注意到這件事。

「我帶社長去看個醫生好了。」

只見老闆一臉納悶地說：「她有哪裡不舒服嗎？社長有好好吃飯，也沒有鬧肚子啊。」

「畢竟已經是上了年紀的貓，最好還是去醫院檢查一下比較好吧？」相澤這麼說，把我放進了菜籃裡。

離開店裡的時候，我從菜籃中的縫隙間看到了夕陽。整顆太陽蒙上了白色的彩霞，呈現淡淡的橘紅色。

相澤走在商店街上，我待在她的菜籃裡這麼想。

相澤打算把我的壞眼睛拿出來，裝上健康的眼睛吧。相澤就是因為這樣才看得到的。所以她也想把那個方法套用在我身上。

雖然她很親切，不過太多管閒事了啦。

我不顧一切地跳出菜籃。我的前腳扭了一下，整張臉迎面撞上地面，不過我沒事。

既然還會痛，就代表我還活著，也還能繼續走路。

相澤「啊」了一聲，可是卻沒有追上來。我想她已經明白我的心情了。

我搖搖晃晃地沿著商店街走回去。

一回到寄物商，我便跳上和室房。老闆發現到我後，就在那片白茫茫的另一側笑瞇瞇的。

從那天開始，我只要醒著的時候，就會一直盯著老闆的臉看。

每天每天都盯著看。

我已經看到一輩子都忘不了的程度，讓我一點也不害怕自己有一天真的會看不見。

就在某個早上，世界變得只剩下氣味與聲音了。

在那瞬間我雖然嚇了一跳，但是我沒事。因為我聞得到氣味，也還保有觸覺。我失去的只有光而已。

這下子我的世界就跟老闆一樣了。

感受到風的時候，我能想像著門簾搖晃的模樣；聞到美味香氣的時候，我可以想像出美食。食物依然好吃，夢幻曲也能讓我聯想到跳躍的珠子。

我都看得到。在腦海之中，我看得一清二楚。

來到有老闆在的世界，我發現這裡比現實世界還要美麗一些。

這裡很和平，我也了解到老闆其實很幸福，讓我安心多了。

我就在這裡等著。我跟老闆都在等待著。

等待著奇蹟。

那是發生在某天的事。

門簾搖晃。我聞到了肥皂香。

我跟老闆都同時見到肥皂小姐了。

國家圖書館出版品預行編目資料

奇蹟寄物商／大山淳子著；許展寧譯. -- 二版. -- 臺北市：馬可孛羅文化出版：家庭傳媒城邦分公司發行, 2020.02
面；　公分. --（楽読；6）
譯自：あずかりやさん
ISBN 978-986-5509-07-1（平裝）

861.57　　108021964

【楽読】MR0006X

奇蹟寄物商
あずかりやさん

作　　者❖大山淳子
封面插圖❖teppodejine
譯　　者❖許展寧
封面設計❖陳文德
版面編排❖張彩梅
總 編 輯❖郭寶秀
責任編輯❖蔡雯婷
行銷企畫❖許芷瑀

發 行 人❖凃玉雲
出　　版❖馬可孛羅文化
104台北市中山區民生東路二段141號5樓
電話：(886)2-25007696
出　　版❖馬可孛羅文化
10483台北市中山區民生東路二段141號5樓
電話：(886)2-25007696
發　　行❖英屬蓋曼群島商家庭傳媒股份有限公司城邦分公司
10483台北市中山區民生東路二段141號11樓
客服服務專線：(886)2-25007718；25007719
24小時傳真專線：(886)2-25001990；25001991
服務時間：週一至週五9:00～12:00；13:00～17:00
劃撥帳號：19863813　戶名：書虫股份有限公司
讀者服務信箱：service@readingclub.com.tw
香港發行所❖城邦（香港）出版集團有限公司
香港灣仔駱克道193號東超商業中心1/F
電話：(852) 25086231　傳真：(852) 25789337
馬新發行所❖城邦（馬新）出版集團Cite (M) Sdn Bhd.
41-3, Jalan Radin Anum, Bandar Baru Sri Petaling,
57000 Kuala Lumpur, Malaysia.
電話：(603) 90563833　傳真：(603) 90576622
讀者服務信箱：services@cite.my
輸出印刷❖前進彩藝股份有限公司
二版一刷❖2020年2月
二版五刷❖2022年1月
定　　價❖300元

ISBN：978-986-5509-07-1（平裝）

城邦讀書花園
www.cite.com.tw